NOTICES

DE

BIBLIOGRAPHIE

ET

D'HISTOIRE LITTÉRAIRE.

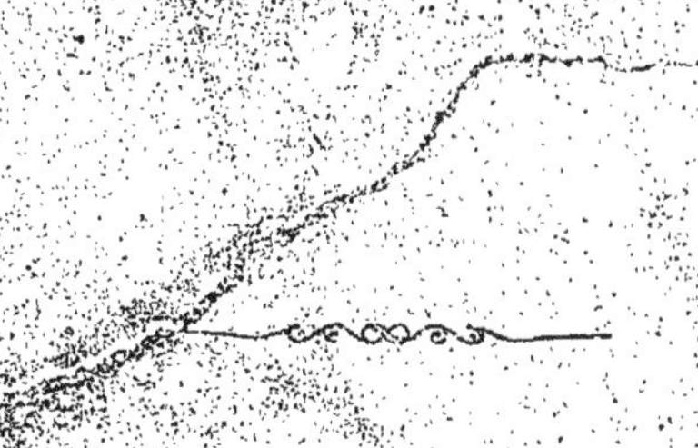

BOULOGNE-SUR-MER.

IMPRIMERIE DE CH. AIGRE,

4, Rue des Vieillards.

—

M. DCCC. LXVIII.

NOTICES

DE

BIBLIOGRAPHIE

ET

D'HISTOIRE LITTÉRAIRE.

M. DCCC. LXVIII.

Page 56, avant-dernière ligne, au lieu de *biographie*,
lisez : *bibliographie*.

Boulogne.—Typ. de Ch. Aigre.

Les Notices qui forment ce recueil ont presque toutes
été publiées dans le *Bulletin du Bibliophile*, de 1851 à
1856. Quelques-unes, notamment celle sur les *Livres à
Cartons*, reparaissent avec des changements. Si je
leur donnais une suite, je voudrais, à l'occasion, m'y
appliquer à rendre la bibliographie une véritable science
de l'histoire des livres qu'on aimerait par goût pour
la littérature bien plus que par ce désir qui porte trop
souvent à les rechercher avec luxe pour les garder
sans utilité. Quelque grands travaux qui aient été exé-
cutés en matière de description et de classification des
produits de l'art typographique, j'ose dire, même en
présence du plus renommé d'entre eux, le *Manuel du
Libraire*, que nous n'avons encore que des nomencla-
tures plus ou moins générales, plus ou moins exactes,
et que la science qui les ferait bien connaître reste à
créer.

FRANÇOIS MORAND.

LES LIVRES A CARTONS.

LES LIVRES A CARTONS.

Il n'est point nécessaire, je pense, de dire que j'entends parler, sous ce titre, des cartons que le Dictionnaire de l'Académie a définis ainsi :

« Un feuillet qu'on refait *(dans un livre)* à
» cause de quelques fautes qu'on y veut corriger
» ou de quelque changement qu'on y veut faire. »

Nous n'avons point encore de travaux spéciaux sur les livres qui ont subi cette espèce de modification, bien qu'il y ait à composer sur cette matière quelque chose de curieux et d'utile. Un livre qui aurait pour objet de faire connaître quels motifs ont forcé tels auteurs à renoncer à une première idée, pour la supprimer ou la changer dans leurs ouvrages, ne serait pas le moins intéressant de tous les essais bibliographiques, et préparerait de bons matériaux pour une histoire des entraves qu'on a dû quelquefois mettre à la liberté d'écrire ; car la définition du *carton* donnée par l'Académie ne doit pas être prise trop à la lettre. On a en général bien moins fait des cartons pour corriger des fautes (l'*erratum* en mourrait!) que pour s'abstenir de rapporter certains faits, ou de penser d'une certaine façon. C'est ce que prouverait une monographie des livres à cartons. Je m'attache à rassembler les éléments d'une bibliographie de ce genre : et en attendant que j'y parvienne, ou dans le cas où je serais devancé par un plus diligent, je rapporterai ici deux exemples à l'appui de ce que je viens de dire.

I.

Observations critiques sur la nouvelle traduction en vers françois des Géorgiques de Virgile et sur les Poëmes des Saisons, de la Déclamation et de la Peinture, par M. Clément; suivies de quelques Réflexions sur le Poëme de Psyché.—Genève, M.DCC.LXXI. 1 vol. in-8°.

Après avoir été travaillé pendant un très-grand nombre d'années et s'être acquis un succès de salons, le poëme des *Saisons*, l'un de ceux qui ont donné lieu aux *Observations* de Clément, paraissait imprimé vers la fin de février 1769.

Les Mémoires secrets de Bachaumont, sous la date du 28 février, disent : « l'ouvrage paroît. »

Voltaire recevait son exemplaire de l'auteur, le 6 mars, à Cirey. Horace Walpole possédait aussi le sien, que madame du Chatelet lui avait envoyé ; et déjà, dans l'intimité, ce poëme était jugé, par des personnes fort désintéressées, un ouvrage fastidieux et froid ; sentiment qui devait être celui de la postérité. « Quel homme, ou même quel *ap-* » *prenti*, a dit M. Villemain dans sa chaire, lit » aujourd'hui les *Saisons?* »

En public, dans les journaux, les partisans de ce poëme, qui étaient les familiers de l'auteur, prenaient toutes sortes de délais pour en parler. On n'a qu'à lire, dans les œuvres de la Harpe, l'article qu'il publia alors dans le *Mercure*, pour voir avec quelles précautions et par quels circuits le critique arrivait jusqu'à l'éloge de cette production, qui n'avait pas encore d'adversaires très déclarés, bien que la Harpe lui connût des *ennemis*. Plus tard, lorsque la Harpe refondit dans le *Lycée* son article du *Mercure*, il laissa de côté ce mot d'ennemis, avec beaucoup d'autres choses auxquelles sans doute il ne croyait plus.

A la fin, les adversaires se montrèrent. Après une année écoulée depuis la publication des *Saisons*, *l'Année littéraire* de Fréron entreprit de l'examiner. Fréron donna son avis avec cette circonspection d'un polémiste exercé qui ne veut pas s'attirer d'affaires, avec ce mélange d'approbation et de blâme adroitement combiné, qui permet au blâme d'entrer à plus forte dose sous un air d'impartialité.

Aussi, quoiqu'il y eût de ces remarques et de ces allusions qui excitèrent au plus haut point, chez Saint-Lambert, tous les appétits de la colère et de la vengeance, lorsqu'il les trouva dans les *Observations* de Clément, il les souffrit en silence, lui venant en biais de *l'Année littéraire* et de Fréron.

On sait quelles relations existèrent entre Saint-Lambert et madame d'Houdetot. C'est madame d'Houdetot qui est en scène, sous le nom de *Doris*, dans les *Saisons* :

> » Et toi, qui m'as choisi pour embellir ma vie,
> » Doux repos de mon cœur, aimable et tendre amie,
> » ... Doris... . »

Saint-Lambert l'y exposa maladroitement dans ces quatre vers :

> « Heureux, cent fois heureux l'habitant des hameaux,
> » Qui dort, s'éveille et chante à l'ombre des berceaux,
> » Et suspend les baisers qu'il donne à sa compagne
> » Pour lui faire admirer l'éclat de la campagne. »

« Cette idée, dit le critique de *l'Année littéraire*, est tout à fait neuve et n'appartient qu'à l'auteur. Je doute qu'elle soit jamais tombée dans l'esprit d'un villageois et qu'il se soit avisé de ce bonheur-là. Avoir des baisers à donner, et les *suspendre pour faire admirer* à sa maîtresse *l'éclat de la* campagne, cela me paraît difficile, pour ne pas dire impossible. » Assurément, il y a dans la remarque du critique une allusion personnelle, mais elle est fine. Saint-Lambert la sentit sans doute, car il remplaça les deux derniers vers par ceux-ci :

> « Et ravi des beautés qu'il voit dans la campagne,
> » Du plaisir qu'il éprouve avertit sa compagne. »

Mais il ne devait point lui venir une bonne inspiration à cet endroit : les premiers vers étaient ridi-

cules, les seconds sont plats. Fréron put s'en mo-
quer et ne pas aller en prison.

Clément ne fut pas aussi heureux, en donnant,
assez longtemps après *l'Année littéraire*, son opinion sur les *Saisons* de Saint-Lambert et sur d'autres poëmes, dans le corps d'observations critiques
dont le titre est en tête de cet article. Il y usait
aussi largement qne possible du droit d'examen,
relevant les défauts du poëme et persifflant l'auteur, malheureusement inséparable de sa *Doris* en
ces rencontres. Blessé profondément dans son
amour-propre de poëte, et piqué dans ses affections
d'amant, Saint-Lambert voulut paraître ne ressen-
tir des deux affronts que celui fait à madame
d'Houdetot, et il trouva, en provoquant, sous ce
prétexte, les rigueurs de l'autorité contre Clément,
les moyens d'obtenir à couvert ce qu'il désirait le
plus, — une réparation de l'offense faite à ses vers.
On mit alors Clément à la Bastille suivant les uns,
au Fort-l'Evêque selon d'autres. Le poëme n'y
gagna rien, et l'auteur fit douter qu'il fût réellement un philosophe. La tache en est restée à sa
mémoire. La détention de Clément ne dura que
peu de jours. On a dit que J.-J. Rousseau s'était
employé à obtenir sa liberté. Rousseau pouvait être
bien aise de jouer ce tour à l'amant de madame
d'Houdetot, et de récompenser en même temps une
flatterie de Clément. « Il est à remarquer, dit Clément dans ses Observations sur les *Saisons*, que
M. de Saint-Lambert n'a rien imité d'aucun poëte
ancien. *Il a souvent rimé J.-J. Rousseau.* »

Notre critique, toutefois, ne sortit pas de prison,
sans conditions. On lui imposa celles de mettre des
cartons à ses Observations. Grimm le dit dans sa
Correspondance de la fin de janvier 1771, et Bachaumont dans ses Mémoires sous la date du 24
décembre 1770. Il reste à savoir comment les conditions furent remplies.

L'ouvrage de Clément avait-il paru, ou bien
était-il seulement prêt à paraître quand St-Lambert
fit emprisonner son auteur? Lorsque l'on consulte

les annalistes de l'époque, on ne sait trop à quoi
s'en tenir là-dessus. Les Mémoires de Bachaumont
(24 décembre 1770) disent que St-Lambert avait
fait arrêter *le livre*. Palissot rapporte que l'on avait
fait *supprimer l'édition*. Selon Grimm, il *avoit
paru* sur la fin de 1770, et l'on en avait *arrêté la
publication*. De quelque manière que l'on inter-
prête chacune de ces versions, on peut croire que si
le livre n'avait point encore été publié, c'est-à-dire
mis en vente, tout au moins s'en était-il répandu
des exemplaires qui l'avaient fait connaître. Il lui
fallait, on en conviendra, quelque publicité, pour
que St-Lambert pût s'en plaindre et faire pour-
suivre Clément.

Je n'ai jamais, quant à moi, rencontré la critique
du poëme des *Saisons*, par Clément, que dans l'é-
dition de ses *Observations*, datée de *Genève*, 1771,
dont j'ai vu plusieurs exemplaires exactement semblables. Ce qui y concerne ce poëme remplit les
pages 237 à 339, et on y lit ce passage aux pages
252 et 253 :

« Il semble que toute la nature ne soit faite que
pour M. de S-L. *(M. de St-Lambert)* et qu'il ne la
veuille peindre que pour lui et pour sa *Doris*. C'est
un monologue perpétuel au premier chant, car la
Doris ne répond pas le moindre mot. Il est bien
dommage que Virgile n'ait pas eu une Doris, à qui
il eût pu enseigner les préceptes de l'agriculture,
et pour laquelle il eût fait son Poëme.

» Mais Virgile ne connaissait point cette fleur de
galanterie ; il aurait eu peur qu'on ne se fût moqué
de lui, s'il eût parlé à sa maîtresse dans un poëme
sérieux, fait pour être utile à tout le monde. On lui
aurait dit : aimez votre maîtresse, à la bonne heure,
si vous en avez une ; mais elle n'a que faire ici.
C'est à nous qu'il faut parler, ou bien nous vous
laisserons avec elle ; car rien de plus ennuyeux,
pour un tiers, que deux amoureux qui ne songent
qu'à eux. »

Je ne vois pas que *Doris* soit nommée ailleurs,
dans cette critique, ni même désignée. Si ce qu'on

vient d'en lire n'est plus que l'expression modifiée et adoucie du persiflage contre lequel St-Lambert s'était récrié, on peut se demander à quel degré ce persiflage était monté originellement dans les *Observations* de Clément. Et si nous avons réellement ici un *carton*, nous nous demanderons également quelle satisfaction ce carton a pu donner aux susceptibilités de St-Lambert.

II.

Le tome XVI de l'*Histoire littéraire de la France*, ouvrage commencé par des religieux bénédictins de la congrégation de Saint-Maur, et continué par des membres de l'Institut (Académie royale des Inscriptions et Belles-Lettres). — Paris, M. DCCC. XXIV.

Le 16e volume de l'*Histoire littéraire de la France* se termine par une analyse de *plusieurs opuscules composés à la fin du douzième siècle et au commencement du treizième.* MM. Daunou, Petit-Radel et Amaury-Duval, qui formaient, avec dom Brial et le marquis de Pastoret, la commission chargée de la continuation de cet ouvrage, s'étaient partagé le travail de cette analyse, et dans le lot de M. Amaury-Duval se trouvait une *Relation anonyme d'un miracle de sainte Geneviève.* Voici l'article qu'il fit :

« Le P. Labbe, dans sa Bibliothèque des Manuscrits, a inséré la relation d'un miracle opéré par sainte Geneviève en 1206. Cette relation a pour titre : *De Processione Reliquiarum sanctæ Genovefæ, anno M CC VI, auctore anonymo, qui præsens fuit ;* et le compilateur assure l'avoir tirée d'un très-vieux manuscrit.

« Sauval, qui paraît en avoir eu connaissance, l'attribue, mais sans en donner aucune preuve, à un religieux de Sainte-Geneviève.

« Certes, à ne considérer que le peu d'intérêt qu'offre aujourd'hui cette relation, et le très médiocre talent de celui qui l'a rédigée, quel qu'il soit, elle ne mériterait pas de sortir de l'obscurité où elle était ensevelie. Mais elle peut servir à fixer la date certaine d'un événement que l'histoire a conservé, date sur laquelle les écrivains ne sont pas d'accord ; elle restitue aussi à sainte Geneviève, l'honneur d'avoir fait un miracle de plus, honneur qu'on a voulu lui contester, comme nous le verrons par la suite ; et enfin, elle sera encore une nouvelle preuve de la bizarerie du goût de la plupart des écrivains de cette période, qui, même dans les récits dont la simplicité aurait dû faire le principal mérite, croyaient devoir viser à l'éloquence, employer des figures, des expressions qu'ils empruntaient tantôt aux livres saints, souvent aux orateurs latins.

« L'anonyme commence par annoncer qu'il a vu de ses propres yeux les prodiges dont il va rendre compte, et que s'il écrit, c'est pour rendre témoignage de la vérité : « *Ut simus*, ajoute-t-il, *ex discipulis ejus qui est via, veritas et vita, via in exemplo, veritas in promisso, vita in præmio.*

« Il passe ensuite à la description du fléau qui désola toute la France, en l'an 1206, *Indictione IX mense decembri* (cette date, comme on voit, est précise). Après de longues et abondantes pluies, tous les fleuves s'étaient débordés, les campagnes étaient inondées. Ici il décrit, en style emphatique, les effets de cette inondation, les arbres déracinés, les maisons de campagne emportées par les eaux, les monumens des villes renversés, etc., etc. ; il s'occupe ensuite de Paris, dont il peint ainsi la déplorable situation.

« *Inter cætera totius regni incommoda civitas Parisiensis omnium civitatum regni caput et domina, tanto impetu Sequani fluvii proprios fines excedentis, ab ipsis fundamentis concussa est, ut inundatione facta civitati illi navigio opus esset transeuntibus per vicos et plateas civitatis, ædificia quoque illius, vel ex parte subversa sunt, vel ex majori parte stantia crebris aquarum inundationibus et eluvionibus fluctuum minarentur excidium.* »

1.

« Il s'arrête surtout à décrire l'état dans lequel se trouvait le pont de pierre, qui « *respectu majoris pontis parvus appellatur* » (1). Le ciment qui en liait toutes les parties avait été détruit par les eaux, les pierres disjointes étaient emportées par le courant ; sa ruine était imminente : « *Desolata erat civitas plena divitiis sedebat in tristitia domina provinciarum : sacerdotes ejus gementes, virgines ejus squalidæ, etc.* »

« On n'avait plus d'espoir que dans la protection de la Vierge et de la bienheureuse Geneviève. Le peuple entier demandait que l'on fît sortir la sainte de son temple, afin qu'elle secourût la ville, afin que « *apponat se murum pro gente sua, frangat iram Dei supplicatione humili.* » Sur l'invitation de l'évêque Odon, on se prépare à cette grande cérémonie. Les reliques des saints de toutes les autres églises sont apportées en grande pompe dans celle de sainte Geneviève ; on fait sortir du temple la châsse miraculeuse à la tête de tous ces saints. La procession était nombreuse, magnifique. La sainte y paraissait au premier rang, « *tanquam columna ignis in nocte adversitatis* »

« Malgré l'ébranlement du petit pont, et quoiqu'il ne restât plus qu'un espace assez étroit, au milieu, où l'on pût encore marcher, la procession prend ce chemin périlleux, et traverse le pont qui menaçait à chaque instant de s'écrouler. Mais, comme dit notre auteur, c'était moins le pont qui soutenait la foule que la sainte qui soutenait le pont : *Non tam à ponte fracto sustentata quam ipsum pontem sustentans.*

« C'est ainsi que la sainte et tout son cortège de saints arriva à Notre-Dame. A peine furent-ils entrés dans le temple, que le calme se rétablit dans le ciel, sur les eaux et sur la terre. *Omnia, in adventu ejus. prius commota. et pacifica et sedata fuerunt. Civitas ipsa prius a fundamentis con-*

(1). « D'après une description en vers latins que nous avons citée dans le précédent tome. »

cussa et commota, tranquilla fuit. » Depuis ce
jour, il cessa de pleuvoir, les eaux des fleuves ren-
trèrent dans leurs lits, la terre même se dessécha
comme par enchantement.

« Mais ce ne fut pas là le plus grand miracle. Il
fallut songer à ramener la sainte dans son asyle et
passer encore une fois, avec une multitude innom-
brable, sur le pont rompu, « *per pontem fractum.* »
C'est ce qui s'exécuta on ne peut plus heureusement.
Mais une demi-heure après le passage de la sainte,
le pont s'écroula entièrement avec un fracas épou-
vantable. Personne ne fut blessé. « *Miremur ergo
miraculum, veneremur mysterium, adoremus
Deum, ad æternæ vitæ suspiremus præmium.* »
C'est par là que l'auteur anonyme termine la relation d'un miracle dont, comme nous l'avons dit, il
assure avoir été témoin oculaire.

« Et cependant Rigord, moine de Saint-Denis,
réclame au moins une partie du miracle en faveur
de l'abbé de son monastère. Il assure qu'à l'époque
de cette terrible inondation, cet abbé vint bénir les
eaux qui remplissaient les rues de la ville, et
qu'aussitôt elles commencèrent à s'écouler, et ren-
trèrent dans le lit du fleuve. On voit que, dans ce
temps-là, les moines des divers couvents ne négligeaient rien de ce qui pouvait augmenter la réputation et conséquemment les richesses de leur
maison. Ils se disputaient les miracles, comme les
inhumations, les baptêmes, les dîmes, etc. »

L'article était déjà imprimé et il avait sa pagination dans le volume, lorsque dom Brial en eut
connaissance. Il s'en émut au plus haut degré et
demanda à l'Académie qu'il fût supprimé. Je trouve
la communication qu'il lui fit à ce sujet, copiée de la
main de dom Bétencourt son ami et son confrère,
dans l'exemplaire de ce volume qui a appartenu à
ce dernier et qui m'appartient aujourd'hui. Dom
Brial commence par rappeler en peu de mots le
fait de l'inondation de 1206 et de la procession où
l'on porta les reliques de Ste.-Geneviève... Puis il
continue ainsi : « c'est sur cela que nos confrères

de l'*Histoire littéraire* se sont permis de ricaner à demi sur cet événement, sans craindre de scandaliser le peuple d'aujourd'hui qui, même dans nos dissensions, n'a pas cessé de vénérer leur sainte patronne et de porter leurs offrandes dans son temple.

« Nos confrères, ou le compositeur de l'article page 596, n'osant fronder trop ouvertement la cérémonie d'un acte public de religion, ils en disent assez pour le persifler : il s'en prennent d'abord à l'auteur de la *Relation* et décochent contre lui leur mauvaise humeur... Et tout de suite ils reprochent à l'auteur son style fleuri et trop travaillé, d'avoir visé à l'éloquence, d'avoir employé des figures, des expressions qu'il empruntait tantôt aux livres saints, tantôt aux orateurs latins. Voilà, Messieurs, pourquoi nos savants critiques auraient été plus indulgents, si l'auteur eût été moins religieux et fleuri...

« Quoi qu'ils en disent, c'est la foi qui impêtre les miracles ; et Dieu, par son opération, sans qu'il y paraisse, dirige les évènements des causes naturelles. Celui dont il s'agit ne fut pas moins éclatant que celui qui eut lieu en faveur des malades atteints, l'an 1130, du *feu ardent*, espèce de peste dont les auteurs du temps font une description affreuse ; le miracle a été consigné dans les fastes de l'Église ; on en renouvelle la mémoire tous les ans dans le bréviaire de Paris : le pape Innocent II, étant à Paris l'année suivante, vérifia le fait et préconisa le miracle par une bulle.

« Je ne crois pas, Messieurs, que l'Institut en corps, et en particulier notre Académie, puisse tolérer une telle indécence : il doit être de son honneur et de sa considération de n'être pas, dans le public, incrusté d'un vilain vernis, tandis que le roi, le gouvernement ecclésiastique et civil prennent toutes les peines possibles pour rétablir les anciens principes de morale et de religion si fort ébréchés par la révolution

« Nos confrères, croyant faire de l'érudition, mettent en contradiction Rigord et l'anonyme, pré-

tendant que ces deux auteurs s'étaient partagé les
fruits du miracle, sans faire attention que non-
seulement les moines étaient accourus à la procession, mais toutes les paroisses par ordre de l'évêque.
Et, sur cela, ils ajoutent savamment, à la manière
de certains temps qui ne sont pas loin de nous :
« On voit, disent-ils, que dans ce temps-là, les
« moines de divers couvents ne négligeaient rien
« de ce qui pouvait augmenter la réputation et
« conséquemment les richesses de leurs maisons :
« *ils se disputaient les miracles comme les inhu-*
« *mations, les baptêmes, les dîmes,* etc. » Cette
érudition banale est plus facile que d'approfondir
des questions littéraires qui devraient les occuper.

« Messieurs, vous ne souffrirez pas que ce volume
soit répandu dans le public au risque de tomber
dans les mains des magistrats et des tribunaux qui
sont investis d'une nouvelle loi devenue nécessaire
contre toute atteinte à la morale et à la religion. Je
suis bien fâché d'avoir livré les articles de ma composition, autrefois, dans ce volume, et je n'en
donnerai plus d'autres. On m'a fait l'honneur de
me mettre à la tête des coopérateurs à cet ouvrage :
je les désavoue, je n'ai pas le droit d'assister à
leurs assemblées ni d'en recevoir les émoluments. »

On a lu l'article de M. A. Duval. Méritait-il
que l'on jetât contre lui de si hauts cris, jusqu'à
prétendre que sa publicité serait un sujet de scan-
dale pour le peuple? Le peuple d'alors ne lisait pas
dans les livres de l'Académie des Inscriptions : il
n'y lit guère de nos jours, et, de ce côté, dom Brial
pouvait laisser passer l'article en toute sûreté de
conscience. Sa crainte des tribunaux était également
ment chimérique : même *en ce temps-là* les foudres
du parquet n'y eussent pas trouvé à s'allumer.

Je veux bien convenir que la manière dont on y
rapporte quelques particularités du miracle de
sainte Geneviève n'est pas celle des légendaires et
des martyrologes ; mais où sont l'indécence et le
persiflage? En quoi la religion s'en pouvait-elle
trouver atteinte? C'est ce qui ne saurait se concevoir

par la lecture de l'article, et l'on se trouve ainsi
amené à des questions de personnes. Je suppose
que dom Brial eût pris connaissance de l'article
sans savoir de quelle main il était sorti ; peut-être
l'eût-il trouvé fort innocent, tout en n'aimant pas,
dans le for intérieur, que l'on parlât de certains
faits, malgré qu'ils fussent acquis à l'histoire,
comme le sont en réalité les rivalités et les démêlés
entre gens d'église ou de profession religieuse à
certaines époques, sur des points qui touchaient
fort à la cupidité. Il serait trop facile, si l'on
demandait des preuves, d'établir qu'il y avait là
des disputes pour les biens les plus périssables, et
que dans l'exposition d'une relique à certains jours,
par exemple, on pouvait ne se proposer pas moins
de recueillir des oblations et de faire une bonne
recette, que de toucher le cœur des fidèles par le
souvenir des vertus du saint et l'espoir des grâces
à obtenir par son intercession. J'ai sous les yeux
presque un procès que se firent, dans une collégiale
de l'Artois, des chanoines de fondations différentes
au sujet d'une relique et uniquement pour une
question d'argent. Les chanoines de la plus ancienne fondation possédaient déjà un morceau de
la vraie croix, qu'ils exposaient le vendredi, lorsque
leurs puinés reçurent aussi un morceau de la vraie
croix qu'ils voulurent exposer le même jour. Les
anciens réclamèrent ; et, pour que la seconde
relique pût être exposée par les autres chanoines,
il fallut qu'ils consentissent à abandonner à leurs
aînés le produit des oblations qui y seraient faites.

On citerait nombre de traits du même genre.
Dom Brial était trop instruit dans l'histoire du
moyen âge pour qu'il eût jamais voulu en contester
l'authenticité. A Dieu ne plaise que j'approuve
qu'on les cite sans propos et pour le malin plaisir
d'en parler : mais quand l'occasion s'en présente,
lorsqu'ils sont de sujet et qu'ils doivent servir à
peindre les mœurs d'une époque, ne fût-ce même
que pour montrer combien nous sommes éloignés
de ces temps-là, je le crois du moins, quel blâme y

aurait-il à jeter sur l'historien qui les retrace sérieusement ! Supprimons alors l'histoire, ou disons qu'elle n'a plus d'enseignements.

Il a toujours existé, même avec une entière bonne foi, de ces esprits défiants et prévenus qui, sur certaines matières, sont continuellement à la recherche des intentions. Là où le langage est irréprochable, ils supposent des arrière-pensées. C'est surtout dans les matières de *la foi qui impêtre les miracles*, pour me servir des expressions de dom Brial, qu'ils sont prompts à s'alarmer. On ne sait comment s'y prendre avec eux sur ces choses. Si vous passez devant elles sans vous y arrêter, ils accusent votre silence ; et ils vous suspectent, si vous en parlez comme eux.

Dom Brial était évidemment dans cette voie de défiance personnelle à l'égard de la Notice qui nous occupe : et ce n'était pas cette Notice qu'il jugeait quand il en demandait la suppression.

Il faut croire que sa réclamation fut admise, au fond, dans l'Académie : mais il y aurait beaucoup à dire sur la forme, qui est d'abord peu littéraire en certains endroits, et qui paraîtra hors de toute mesure, si l'on fait attention que le réquisitoire enveloppait dans ses conclusions tout le personnel de la commission de l'*Histoire littéraire* jusqu'à M. de Pastoret. L'âge, le caractère de D. Brial et ses grands services rendus aux lettres lui conservèrent sans doute chez ses confrères ce respect qu'il ne cessa point pour cela de mériter et qu'eût commandé au surplus l'affaiblissement de ses facultés devenu alors sensible. On peut se convaincre, du moins, qu'aucun témoignage de justice et de regret ne lui manqua de leur part, dans la notice que M. Daunou, l'un d'eux, lui a consacrée après sa mort. Cette notice se lit en tête du dix-septième volume de l'*Histoire littéraire de la France* pour lequel elle a été écrite, et elle est un de ces hommages tels que M. Daunou savait les rendre, par le style et la pensée, aux hommes dignes de vivre dans la postérité.

D. Brial sortit effectivement, comme il l'avait annoncé, de la commission de l'*Histoire littéraire ;* mais il paraît n'avoir pas cessé absolument de travailler pour elle, si j'en crois une note que je trouve dans les papiers de D. Bétencourt. L'Académie entendit encore plusieurs lectures de notices composées par lui et destinées à entrer dans les volumes postérieurs au seizième de cette *Histoire ;* et ce fut encore M. Dauhou qui lui servit d'organe, D. Brial ayant été dispensé, à cause de ses infirmités, d'assister aux séances. Au milieu de tout cela, le fil réel de la confraternité n'en était pas moins rompu, et l'incompatibilité d'humeur déclarée. M. Sainte-Beuve qui a fort bien démontré (1) la fatalité de cette position respective, par raisons de principes, en trouvera ici une preuve, que je suis heureux de lui fournir.

Je viens de dire que l'Académie avait fait droit à la réclamation de dom Brial. Il y a en effet un carton dans mon exemplaire du tome 16 de *l'Histoire littéraire.* Mais dans les exemplaires de la bibliothèque de l'*Athenæum* de Londres et de celle de la ville de Boulogne, la notice de M. Amaury Duval se trouve insérée tout entière et telle qu'elle avait été d'abord imprimée avant les observations de dom Brial. Elle y occupe les pages 596 à 599, et le texte du volume se termine avec la page 600. Dans mon exemplaire, au contraire, le texte du volume finit à la page 598, et la notice est réduite à 18 lignes, dont les dix premières, en deux alinéas, sont la reproduction textuelle des mêmes alinéas qui commencent l'article des exemplaires sans carton. Les huit dernières lignes qui remplacent et corrigent cet article dans ce que dom Brial n'avait pu en supporter, sont ainsi conçues :

« Le débordement de la Seine, qui eut lieu en 1206, est un des plus remarquables dont les Annales de Paris nous aient conservé la mémoire. L'auteur de la relation, quel qu'il soit, en décrit les

(1). *Causeries du Lundi,* t. VIII, pages 225 et suiv.

affreux ravages, qui cessèrent aussitôt que la châsse de sainte Geneviève eut été transportée à la cathédrale.

» Nous ne croyons pas devoir entrer dans de plus grands détails sur cet écrit qu'on peut lire, au reste, dans la collection que nous avons citée. »

Ce tout petit article a pu paraître insignifiant jusqu'ici : mais il doit être piquant désormais pour qui le lira après les remarques de dom Brial.

Maintenant, quels sont les exemplaires, rares ou communs, entre ceux qui ont ou n'ont pas le carton ? C'est ce que je ne puis dire aux bibliophiles pour qui j'écris. Si les volumes cartonnés étaient les plus communs, dom Brial y aurait gagné sans justice une de ces satisfactions qui s'accordent par condescendance, mais auxquelles est réservé le sort de laisser trahir un jour le secret des raisons qui les ont fait obtenir. Mais je ne sais quel instinct me porte à regarder ces volumes comme les plus rares, et à supposer que l'impression comme l'emploi du carton se seraient faits pour endormir le vieux bénédictin dans les apparences d'une rectification, plutôt que pour se rendre effectivement à ses scrupules. Dans cette hypothèse, les exemplaires cartonnés n'auraient pas dépassé le seuil de l'Institut, je veux dire le cercle de ses membres.

DES ACCUSATIONS
DE PLAGIAT LITTÉRAIRE.

DES ACCUSATIONS

DE PLAGIAT LITTÉRAIRE.

Il a été composé un assez grand nombre de traités spéciaux sur le plagiat et les plagiaires. On a donné à leurs auteurs la qualification de plagiaristes. Je n'en connais aucun, et je commence par le déclarer, pour que l'on n'attende pas de ce qui va suivre un travail d'érudition. Ces ouvrages sont rares : ils me manquent dans le lieu que j'habite, et je n'ai ni le loisir de les rechercher, ni le temps de les consulter là où je pourrais les trouver. Je me borne dès lors, pour le moment, à savoir qu'ils existent ; et d'ailleurs ils ne me sont pas nécessaires pour ce que j'ai à dire. Les plus simples lectures et un peu de raisonnement m'y suffiront.

Je me place, pour parler du plagiat, sous un point de vue négatif. Non pas que je veuille révoquer absolument en doute qu'il y ait eu des écrivains qui se sont furtivement approprié les travaux des autres, soit au total, soit en partie. Je n'ai rien à opposer à la dénonciation de plagiat, lorsqu'elle porte sur des faits avérés et probants, dans une aussi grande étendue que tout un corps d'ouvrage. Ainsi, quand Jean Thomasini est inculpé d'avoir publié, sous son nom, des *Eloges des hommes illustres* composés par Jean Rhode, si l'on établit que Jean Rhode est réellement l'auteur de ces *Eloges*, Thomasini est sans doute un plagiaire. Le point important est que la preuve en soit acquise, et que, pour arriver à cette preuve, il y ait eu, comme en toute poursuite régulière de délit, une instruction du procès. Ici, par exemple, on n'a

que des allégations : c'est Colomiès qui rapporte
ceci : « M. Vossius *m'a dit* que Jean Rhodius *disait*
hautement, à Padoue, qu'il avoit fait les *Eloges
des hommes illustres* que Thomasini a publiez
sous son nom. » Voilà donc un propos qui passe
par trois bouches au moins. A combien de questions ne donne-t-il pas lieu ? Et d'abord Rhode l'a-
t-il tenu ? S'il l'a tenu, lui a-t-il donné toute la portée qu'il a dans le passage de Colomiès ? De qui
Vossius l'a-t-il recueilli ? De Rhode lui-même ou
d'un intermédiaire ? Je suppose que ce soit de
Rhode ; mais l'a-t-il rapporté dans les termes de
Rhode et avec le sens qu'il y attachait ? Et Colomiès
en le tirant de Vossius l'a-t-il exactement repro-
duit ?

Tous ces points sont à examiner. Le premier, de
qui dépendent ceux qui suivent, devrait être résolu
négativement selon quelques biographes. Il est
plus que probable, dit M. Weiss, que jamais Rhode
n'a revendiqué les *Eloges*. Sur quoi se fonde cette
probabilité ? M. Weiss ne le dit pas ; mais elle me
paraît être dans ses motifs une conséquence de ce
qu'il ne croit pas que Rhode soit l'auteur des
Eloges. Or, son unique raison de ne pas attribuer
les *Eloges* à Rhode, c'est qu'il y est cité plusieurs
fois avec honneur. Je ne me charge pas de la
cause de Rhode ; cependant si j'avais à revendiquer
pour lui l'ouvrage qu'on lui dispute, et que je
n'eusse à combattre que la raison invoquée par M.
Weiss, j'y puiserais justement toute la force d'une
opinion opposée à la sienne ; car je dirais que les
citations honorables dont Rhode est l'objet dans les
Eloges, y ont pu être semées par Thomasini précisément pour mieux déguiser son larcin.

Mais, déjà, Nicéron avait entrepris de maintenir
Thomasini dans la propriété des *Eloges*. « Quel-
ques-uns, dit-il à l'article de Rhodius, prétendent,
sur l'autorité de Colomiès, que Rhodius étoit
l'auteur des *Eloges* qui portent le nom de Jacques-
Philippe Thomasini ; c'est une imagination sans
fondement. Il peut avoir fourni quelques faits à

Thomasini et revu son ouvrage ; c'est apparemment toute la part qu'il y a eue. »

Nicéron paraît présumer que l'autorité de Colomiès était la seule que l'on pût invoquer contre Thomasini, et sur laquelle on eût à se fonder, en remontant à l'origine des bruits de plagiat dans cette affaire. Mais Colomiès qui recueillait ses *Particularités* en 1665, pour ne les publier qu'en 1668, n'était pas le premier qui en eût écrit. On cite des correspondances du temps dans lesquelles on s'en entretenait : une lettre de Reinesius, une autre de Gaspar Hoffmann à George Richter, dont les lettres choisies avaient été publiées avec celles de ses amis, en 1662, à Nuremberg. Hoffmann va jusqu'à envelopper tous les écrits de Thomasini dans l'accusation de plagiat, pour les restituer à Rhode. Il avait professé la médecine à l'université d'Altorf, jusqu'à sa mort, arrivée en 1648, et je remarque que Reinesius et Rhode étaient aussi médecins. On pourrait croire que l'honneur de la Faculté se trouvait engagé à couvrir un de ses membres, si un autre médecin, Thomas Bartholin, n'était survenu pour défendre Thomasini. Cette défense se lit dans la seconde de ses dissertations *De legendis libris* : «Reverendi Thomasini manes lædunt, qui operum variorum famam, cum Rhodio nostro partiuntur. Limam subinde illis, a Rhodio adhibitam non ignoramus ; et si forsan loca auctorum desiderarentur, pro amicitia, quæ utrique intercessit, maxima, sicut inter doctos fieri solet, communicata, utriusque amicus bona fide testari debeo. Nec aliud hujus modestia et sueta longo usu scribendi penna suadet. » C'est en ces termes que dépose Bartholin, l'ami de Rhode et de Thomasini, comme il le dit lui-même ; et j'ajoute qu'il était devenu propriétaire des manuscrits de Rhode, qui n'eussent pas manqué de laisser des traces de l'ouvrage des *Éloges*, si Rhode l'avait effectivement composé.

Je n'irai pas plus loin sur ce point qui soulèverait bien d'autres questions ; car je ne me suis pas proposé d'y rien décider, bien que j'y aie une opinion. Je ne l'ai présenté que comme un exemple des complications qui se rencontrent dans les accusations de plagiat d'ouvrages, des nécessités de les prouver, et des difficultés d'arriver à cette preuve. C'est tout un procès criminel et tout une instruction qu'il y faut. J'appellerai les plagiats de cette étendue, plagiats en gros, pour les distinguer des plagiats en détail, dont je vais m'occuper, encore plus délicats à peser dans la balance des tribunaux littéraires. et d'une nature qui peut être infiniment subtile. Dans l'une comme dans l'autre catégorie de plagiat, et plus certainement dans la première, à moins que le plagiaire ne soit pris sur le fait et en flagrant délit, il y aura toujours raison de douter, s'il n'y a pas raison d'absoudre. Pourquoi cela ? parce que le plagiat est moins commun qu'on ne se l'imagine, et qu'il y a toujours eu plus de faux accusateurs que de plagiaires véritables.

Si Martial n'est pas le premier qui ait prononcé dans sa langue le mot de plagiat, du moins nous fait-il connaître, en l'employant, le sens tout allégorique qu'il eut à l'époque où l'on convint d'en faire l'application aux larrons de la littérature.

Il s'en sert dans cette épigramme, la cinquante-troisième de son livre Ier :

> Commendo tibi, Quinctiane, nostros,
> Nostros dicere si tamen *libellos*
> Possim, *quos* recitat tuus poeta.
> Si de servitio gravi queruntur,
> Assertor venias, satisque præstes,
> Et, cum se dominum vocabit ille,
> Dicas esse meos, manuque missos.
> Hoc si terque quaterque clamitaris,
> Impones *plagiario* pudorem.

Martial reproche au plagiaire de s'approprier des ouvrages, *libellos*, ou autrement de pratiquer le plagiat en gros. Pendant très-longtemps, en effet, on n'a frappé de réprobation, sous le nom de plagiat, que le fait de s'attribuer les ouvrages d'autrui. Calepin, Vossius, Ménage, Furetière, Facciolati, dans leurs dictionnaires, s'accordent à définir le plagiaire, celui qui vole, prend, pille *les* livres, *les* ouvrages des autres. Mais le sentiment de la propriété chez les auteurs, et plus personnellement chez les poëtes, est devenu plus vif. On ne s'est plus borné à crier au voleur pour un mouton que le lion emportait, et l'on a prétendu atteindre jusqu'au fait de ce pauvre animal, qui fait si ingénument sa confession dans *les animaux malades de la peste* :

« Je tondis de ce pré la *largeur* de ma langue. »

En d'autres termes on a fait un plagiaire de celui qui pillait *dans* les ouvrages d'autrui. C'est la définition que le dictionnaire de l'Académie française donne du plagiaire, et il ne faut pas s'en étonner ; les poëtes, qui ont peuplé l'Académie, ont fait la loi pour eux.

En présence de cette législation, pas un auteur n'est demeuré sûr de n'être pas inquiété dans ses œuvres. Les législateurs eux-mêmes y ont été pris.

Il y a cependant, je le répète, bien moins de plagiaires qu'on ne pense, si l'on considère qu'il ne saurait y avoir réellement plagiat qu'autant qu'un écrivain a la conscience que ce qu'il fait entrer dans son œuvre, comme venant de soi, il le prend dans tel ouvrage où il se souvient de l'avoir lu, ou à tel auteur qu'il sait le lui avoir récité. Hors de là, il y a simplement rencontre de la même idée, soit par l'imagination, soit par la mémoire.

Quant à l'imagination, pourquoi l'idée d'une situation dramatique, par exemple, ne se présenterait-elle pas la même dans plusieurs cerveaux, lorsque le fait d'où elle dérive peut-être, peut se répéter dans l'ordre physique ? Y aurait-il, dans les combinaisons de la pensée, des rapports, des images que deux esprits ne sauraient concevoir à l'insu l'un de l'autre, ou se représenter l'un après l'autre et en divers temps ? Ou bien appartiendrait-il à ces rapports et à ces images de ne pouvoir être trouvés qu'une fois ? Je suis bien loin de le penser.

On a porté les accusations de plagiat jusqu'aux derniers termes de la puérilité et du ridicule, grâce à la vanité d'auteur sans laquelle il n'eût jamais été parlé de plagiaires. J'accuse à mon tour, et sans restriction, les dénonciateurs du plagiat de ne l'avoir érigé en délit littéraire que par complaisance envers un sentiment d'amour-propre personnel fort indifférent à l'intérêt public, puisque, en définitive, le plagiaire ne déroberait au public que pour donner au public ; les œuvres de l'esprit, dès l'instant où elles paraissent au jour, devenant intellectuellement la propriété commune.

A la suite des auteurs qui ont réclamé pour eux-mêmes, par orgueil, sont venus les critiques de profession qui ont réclamé pour les auteurs, par vengeance, par jalousie, et rarement sans malignité. Aussi les accusations de plagiat ne sont-elles pas ordinairement rétrospectives, et l'on peut remarquer que presque toujours elles ont été lancées instantanément sur l'heure même d'un succès que l'envie voulait combattre ou contre-balancer.

Lorsque l'*Aristomène* de Marmontel parut, la critique nota dans cette tragédie, comme pris dans divers auteurs connus, des vers que Marmontel, disait-on, ne s'était *presque point donné la peine de changer*. On le lui imputa à déshonneur. Il ne se faisait point scrupule de s'enrichir du bien d'autrui : on lui eût pardonné ces petits larcins, s'il avait été réduit à l'indigence ; mais il était honteux à un poëte tel que lui, si riche de son propre fonds, de s'approprier celui des autres. La critique faisait entendre tout cela !

On peut répondre d'abord qu'il n'y a pas d'exception, en morale, pour la justification des voleurs, et que, fût-on indigent, on a aussi peu le droit de prendre le bien d'autrui que si l'on était riche. Mais, ensuite, Marmontel s'est-il bien réellement approprié le fonds des autres ? Voici comment la critique a essayé de le prouver :

Elle cite ces vers d'Aristomène :

    —« Je ne veux que le voir, l'embrasser et mourir. »
    —« Vous aviez intérêt de garder le silence. »
    —« Mon amant est à moi ; que m'importe le reste ! »

Et elle dit : le premier vers est dans *Polyeucte* :

« Je ne veux que le voir, soupirer et mourir ; »

le second dans *le Comte d'Essex* :

« Et j'ai quelqu'intérêt à garder le silence ; »

le troisième dans *Sémiramis* :

« L'amour parle, il suffit ; que m'importe le reste ! »

C'est là ce qu'on nomme des larcins qui font honte ? Mais, en vérité, si l'on ne pouvait exprimer par la parole des sentiments si simples, sans commettre un plagiat, il faudrait renoncer à rien dire, dans la crainte de passer pour un voleur. On fait un reproche à Marmontel d'avoir dérobé le bien des deux Corneille et de Voltaire ! Est-on sûr, au moins, que ce fût le bien de ces trois poëtes, et que d'autres n'eussent pas dit mille fois avant eux ce qu'ils ont mis dans la bouche de leurs personnages ? Le sentiment commun dicte de semblables discours et dans le même ordre d'idées, depuis le commencement du monde, à des milliers d'individus, dans une infinité de rencontres et d'événements. Mais l'on devient plagiaire dès que l'on y ajoute une rime ! De telles accusations ne doivent exciter que la pitié. Je les trouve dans les *Observations de la littérature moderne*, de l'abbé de La Porte (tome Ier, pages 29 et suivantes), où il est encore rapporté que le nombre des vers pillés de côté et d'autre par Marmontel, pour son *Aristomène*, s'élève à plus de huit cents ! Je demande si quelque auteur que ce fût, à moins d'y être condamné sous des peines sévères, consentirait jamais à écrire une pièce de théâtre où il dût faire entrer huit cents vers pillés de toutes parts et rassemblés à cette unique fin ? Quand on m'aura prouvé qu'il peut exister, même dans les plus bas degrés, des poëtes doués de cette patience, je prendrai la peine d'examiner jusqu'à quel point Marmontel en a mérité le reproche.

La mémoire et l'imagination sont certainement

deux facultés très-distinctes : en général ou ne saurait les confondre. Mais il faut se tenir à leurs sources pour les reconnaître ; car dans leur cours elles tendent toujours à se réunir, et elles y réussissent ordinairement si bien qu'on n'en peut plus faire la différence. L'homme qui se souvient, sans le savoir, croit qu'il imagine. Godeau avait composé et publié, depuis quinze ans, ces vers d'une ode à Louis XIII :

> « Mais leur gloire *tombe par terre*,
> *Et comme elle a l'éclat du verre*,
> *Elle en a la fragilité....* »

lorsque Corneille écrivit ceux-ci, dans *Polyeucte* :

> « Toute votre félicité,
> Sujette à l'instabilité,
> En moins de rien *tombe par terre*.
> *Et comme elle a l'éclat du verre*,
> *Elle en a la fragilité.* »

Cependant Corneille croyait bien avoir tiré les siens de son propre fonds. Ménage assure l'avoir souvent entendu dire qu'il les avait faits, sans savoir qu'ils fussent de Godeau. Qui sera maître de décider si Corneille imaginait, ou se souvenait à son insu ? Et dans quels innombrables exemples n'y aurait-il pas lieu de poser la même question ?

Je lis dans l'*Andromaque* de Racine, acte I, scène I :

> « Oui, puisque je retrouve un ami si fidèle,
> *Ma fortune va prendre une face nouvelle;* »

et dans l'*Andronic*, de Campistron, acte III, scène IV :

> « Enfin, dans un instant *ma fortune* cruelle
> *Va prendre, par la fuite, une face nouvelle ;* »

— dans *Les fausses infidélités*, de Barthe :

> « *L'Amour me les ravit, l'Hymen me les rendra.* »

et dans *La Fiancée*, de Scribe :

> « *L'Amour nous les enlève,*
> *L'Hymen nous les rendra.* »

— dans *Vert-Vert*, de Gresset :

> « Enfin, *avant de paroître au parloir,*
> *On doit* au moins *deux coups d'œil au miroir.* »

et dans *Le domino noir*, de Scribe :

> « Même *avant d'entrer au parloir*
> On *jette un coup d'œil au miroir.* »

—dans *Vert-Vert*, encore :

> « Il partageait dans ce paisible lieu
> Tous les sirops dont le cher père en Dieu,
> Grâce aux bienfaits *des nonnettes sucrées,*
> *Reconfortait ses entrailles sacrées.* »

et dans *Les Visitandines*, de Picard :

> « Et le pauvre homme ainsi reçoit de chaque sœur
> De quoi *reconforter ses entrailles sacrées !*
> Ah ! *de ces nonnettes sucrées*
> Je voudrais être directeur. »

—dans La Fontaine, épilogue du liv. IV des *Fables :*

> « Bornons ici notre carrière,
> Les *longs ouvrages* me font peur.
> Loin d'épuiser une matière
> *On n'en doit prendre que la fleur.* »

et dans ce même *Vert-Vert*, que je surprends à son tour :

> « Les Muses sont des abeilles volages,
> Leur goût voltige, il fuit *les longs ouvrages,*
> Et, ne *prenant que la fleur* d'un sujet,
> Vole bientôt sur un nouvel objet. »

— dans *Georges Dandin*, de Molière (la scène est entre Georges Dandin et Angélique, sa femme' :

ANGÉLIQUE.

« Je vous déclare que mon dessein n'est pas de de *m'enterrer toute vive,* dans un mari. »
et dans *L'Ecole des Vieillards*, de Casimir Delavigne (la scène est entre Danville et Hortense, sa femme) :

HORTENSE.

« Et vous ne pourrez pas *m'enterrer toute vive,*
Dans l'ennuyeux souper d'un si triste convive. »

— dans l'un des opuscules de Saint-Réal, *Don Carlos*, je crois :

« On n'arrive *au crime que par degré, de même qu'à la vertu.* »

et dans la *Phèdre* de Racine :

« *Ainsi que la vertu le crime a ses degrés.* »

Je serais intarissable si je voulais citer tout ce que j'ai recueilli d'exemples où, comme dans ceux-ci, l'on peut voir les mêmes idées se produire sous deux plumes différentes à ce point de ressemblance qu'elles offrent le même tour d'expression et le même langage. La similitude et les rapports ne se trouvent que pour la pensée dans le rapprochement suivant ; mais ils n'en sont pas moins d'une identité remarquable.

Je lis dans *l'Étourdi*, de Molière (la scène est entre Lélie et Mascarille, son valet) :

LÉLIE.

« Je sais que ton esprit, en intrigues fertile,
N'a jamais rien trouvé qui lui fût difficile ;
Qu'on te peut appeler le roi des serviteurs,
Et qu'en toute la terre.... »

MASCARILLE.

« Hé ! trêve de douceurs :
Quand nous faisons besoin, nous autres misérables,
Nous sommes les chéris et les incomparables ;
Et, dans un autre temps, dès le moindre courroux,
Nous sommes les coquins qu'il faut rouer de coups. »

et dans *Le Barbier de Séville*, de Beaumarchais (la scène est entre le comte Almaviva et Figaro, son valet) :

LE COMTE.

« Eh ! Figaro, mon ami, tu seras mon ange, mon libérateur, mon Dieu tutélaire.

FIGARO.

« Peste ! comme l'utilité vous a bientôt rapproché les distances ! Parlez-moi des gens passionnés !

Eh bien ! maintenant, croit-on que, pour trouver ce qu'ils font dire à leurs personnages, les cadets ou les modernes que je viens de citer aient eu besoin de copier leurs aînés ; qu'ils aient eu l'œil collé, Campistron sur Racine, Beaumarchais sur Molière ; et que, si la police qui recherche les plagiaires se fût placée, à point nommé, derrière Scribe et Picard quand ils composaient chacun leur opéra, elle les eût surpris les mains dans les poches de Gresset ? Si l'on avait cette opinion pour si peu, à quelles condamnations ne devraient pas s'attendre et l'auteur de *Zampa*, qui se rencontre ainsi avec l'auteur de *La Parisienne*, Dancourt :

(*La Parisienne*, 1591).	(*Zampa*, 1831.)
LISETTE.	RITTA.—Juste ciel !
Ah! double chien, je te retrouve à la fin, après t'avoir cherché si long-temps !	DANIEL. — Ah! grands dieux !
	RITTA.—Qu'ai-je vu !
L'OLIVE.	DANIEL.—C'est ma fem-me ;
On ne peut éviter son malheur. C'est ma femme.	Par Notre-Dame, C'est avoir du malheur !

Et ce même Beaumarchais qui, dans son *Mariage de Figaro*, a de telles ressemblances, et aussi consécutives, avec Dufresny, l'auteur de *La Noce interrompue*, représentée en 1699 ?

(*La Noce interrompue.*)	(*Le Mariage de Figaro.*)
Scène III.	Acte I, scène I.
NANETTE.	SUZANNE.
Madame la Comtesse ne m'aime plus tant, depuis que son mari m'aime... Depuis que M. le Comte a tant d'envie d'être seul avec moi, je crains toujours de m'y trouver.	Il y a, mon ami, que M. le Comte Almaviva veut rentrer au château ; mais non pas chez sa femme, c'est sur la tienne, entends-tu, qu'il a jeté ses vues.... Apprends qu'il la destine (*la dot*) à obtenir de moi, secrètement, certain quart d'heure seul à seule.
Scène x.	
LE COMTE.	Acte I, scène VIII.
Adrien, ne sais-tu point comment ma femme a pu deviner mon dessein ?	LE COMTE à *Suzanne*.
ADRIEN.	Le roi m'a nommé son
Elle aura lu dans vos	

yeux que vous vouliez faire Nanette concierge, et que....

Scène XI.

LE COMTE.

N'en doutez pas, Lucas, je vous fais mon fermier.

Scène dernière.

LE COMTE.

Je suis trompé.

LA COMTESSE.

Console-toi, si on t'enlève Nanette, tu retrouveras en moi une consolation légitime.

ambassadeur. J'emmène avec moi Figaro, et comme le devoir d'une femme est de suivre son mari....

Acte III, scène v.

FIGARO *au comte.*

Votre Excellence m'a gratifié de la conciergerie du château.

Acte V, scène dernière.

LE COMTE.

J'ai voulu ruser avec eux ; ils m'ont joué comme un enfant.

LA COMTESSE *en riant.*

Ne le regrettez pas, monsieur le comte.

La sphère des comparaisons, comme on le voit, se trouve ici agrandie. Ce ne sont plus seulement des rapprochements de mots ou de pensées d'un seul jet. C'est une suite de situations et d'idées, qui se combinent et s'ajustent pour former un ensemble et une harmonie. Le court tableau des situations de ce genre que je viens d'offrir me paraît en faire ressortir assez sensiblement le parallèle dans les deux pièces ; cependant on en jugerait mieux en lisant ces pièces, et j'y renvoie.

Le Mariage de Figaro me fournira encore un sujet de comparaison. Il s'agit des scènes IV à XIX du second acte, auxquelles je renvoie également ; car elles seraient d'une trop grande étendue pour pouvoir être mises ici, en regard de l'extrait d'un ouvrage qui n'est plus cette fois une composition dramatique ; je veux parler de l'*Histoire des amours de Henri IV*, laquelle est moins commune à rencontrer que les œuvres de Beaumarchais ; et, pour cette raison, je donne l'extrait dont il s'agit, et qui comprend les pages 28 à 32 de cette Histoire, dans l'édition de Leyde, 1664.

— « Madame Gabrielle continuoit à aymer Bellegarde, dont le Roy avoit quelque soupçon, mais à la moindre caresse qu'elle luy faisoit, il condamnoit ses pensées comme criminelles, et s'en repentoit. Il arriva un petit accident qui faillit à luy en apprendre davantage, ce fut qu'estant en l'une de ses maisons pour quelque entreprise qu'il avoit de ce costé-là, et estant allé à trois ou quatre lieües pour cet effet, madame Gabrielle estoit demeurée au lit, disant qu'elle se trouvoit mal, et Bellegarde avoit feint d'aller à Mantes, qui n'estoit pas fort éloigné : Sitost que le Roy fut party, Arphure, la plus confidente des femmes de madame Gabrielle et en qui elle se confioit de tout, fit entrer Bellegarde dans un petit cabinet dont elle seule avoit la clef, et après que sa maîtresse se fut deffaite de tout ce qui estoit dans sa chambre, son amant y fut receu. Comme ils étoient ensemble, le Roy, qui n'avoit pas trouvé ce qu'il avoit esté chercher, revint plus tost que l'on croyoit, et pensa trouver ce qu'il ne cherchoit pas. Tout ce que l'on put faire, ce fut que Bellegarde entra dans le cabinet d'Arphure, dont la porte se trouvoit au chevet du lit de madame Gabrielle, et où il y avoit une fenestre qui avoit veue sur un jardin. Aussi-tost que le Roy fut entré demanda Arphure pour avoir des confitures qu'elle gardoit dans ce cabinet. Madame Gabrielle dit qu'elle n'y estoit pas, et qu'elle luy avoit demandé congé d'aller visiter quelques parens qu'elle avoit à la ville. Si est-ce (dit le roy) que je veux manger des confitures. Que si Arphure ne se trouve, que quelqu'un vienne ouvrir cette porte, ou qu'on la rompe. Luy-mesme commença à donner des coups de pieds. Dieu sçait en quelles alarmes étoient ces deux personnes si proches d'estre découvertes. Madame Gabrielle feignoit un extreme mal de teste, se plaignoit que ce bruit l'incommodoit fort, mais pour cette fois le Roy fur sourd, et continuoit à vouloir rompre cette porte. Bellegarde voyant qu'il n'y avoit pas d'autre remède, se jetta par la fenestre, et fut si heureux qu'il se fit fort peu de mal, bien que la fenestre fût assez haute. Et aussi-tost Arphure qui s'estoit seulement cachée pour n'ouvrir point cette porte, entra bien eschauffée, s'excusant sur ce qu'elle ne pensoit pas qu'on deût avoir affaire d'elle.....

Madame Gabrielle voyant qu'elle n'estoit point découverte, reprocha au Roy mille fois cette façon d'agir, je voy bien (luy dit-elle) que vous me voulez traitter comme les autres que vous avez aymées, et que vostre humeur changeante veut chercher quelque sujet pour rompre avec moy... Et là-dessus les larmes ne manquèrent pas, ce qui mit le Roy en tel désordre, qu'il luy demanda mille fois pardon, qu'il confessa d'avoir trop failly....»

Beaumarchais avait-il lu l'*Histoire des amours de Henri IV*? Avait-il besoin de la lire pour se représenter le sujet des dix-neuf premières scènes de son second acte, et pour le mettre en scène? Voyons. Le comte Almaviva est parti pour la chasse, comme Henri IV pour ses amours. La comtesse s'enferme avec le petit page, comme Gabrielle avec Bellegarde, le page ayant été introduit par Suzanne comme Bellegarde par Arphure. Le comte revient sur ses pas comme Henry IV, et dans la même situation d'esprit. Chérubin se cache dans un cabinet comme Bellegarde. Le comte et Henri IV veulent l'un comme l'autre enfoncer la porte de ce cabinet pour y découvrir un amant en flagrant délit. Chérubin et Bellegarde se sauvent chacun en sautant par une fenêtre assez haute, et quand la porte du cabinet s'ouvre, le comte n'y trouve que Suzanne, comme Henri IV n'y trouve qu'Arphure. Pendant les assauts que donnent le comte et Henri IV à la porte du cabinet mystérieux, la comtesse et Gabrielle sont pareillement dans les plus vives angoisses sur ce qui va se passer; toutes deux elles sont tirées du danger par l'habileté d'une cameriste, et au dénouement, lorsqu'elles se voient sauvées, elles prennent à leur tour l'offensive envers ce pauvre comte et ce bon roi Henri, qui s'excusent de leur mieux, l'oreille basse, et réussissent à peine à obtenir pardon.

Voilà en substance les circonstances et la marche de l'événement, dans l'histoire et dans la comédie. Je ne saurais les réduire à une plus simple expression. L'histoire paraissait en 1663, et la comédie se

jouait en 1784. Jamais question de plagiat n'a
trouvé à se poser sur son plus véritable terrain.
J'en trouverai cependant encore une autre : mais
en attendant, vidons celle-ci.

Si j'étais un ennemi ou un rival de Beaumarchais,
ayant un intérêt quelconque à rabaisser son talent ;
ou bien si je faisais tout simplement de la critique
à l'étroit, je m'en tiendrais aux apparences et je
crierais au plagiat : et j'aurais pour crier avec
moi les gens qui n'y regardent pas de près. Ou
bien je pourrais être moins bref et argumenter
quelque peu en insinuant que si l'on est parfois
disposé à douter de la culpabilité d'un homme à
qui on reproche une première faute, on n'en doute
plus lorsqu'il est en récidive, et je fortifierais l'un
par l'autre, comme autant d'exemples de plagiats,
et le passage du *Mariage* en regard de celui de *La
noce interrompue*, et le deuxième acte du même
Mariage en regard de l'épisode historique, et jusqu'à la comparaison de quelques lignes du *Barbier*
avec une citation de *L'étourdi ;* au moyen de quoi
je montrerais en saillie, dans la phrénologie de
l'esprit de Beaumarchais, la partie la plus délictive
de l'*acquisivité* littéraire. Qui se refuserait alors à
croire qu'on n'a pas chez soi tant d'objets qui
ressemblent à d'autres, sans les avoir volés ? La
plupart des auteurs condamnés comme plagiaires
n'ont pas vu instruire autrement leur procès.

Cependant (pourrait répondre quelqu'un qui
entreprendrait de raisonner dans l'espèce, n'eût-il
lu que la *Gazette des Tribunaux)* les infortunes
de la vie conjugale ont leurs archives, et les con-
versations dites criminelles datent de loin. Dans
l'histoire des sociétés réglées par le mariage, on ne
dénombrerait pas facilement tout ce qu'il s'est
trouvé d'épouses avec leurs amants surprises par
le retour imprévu d'un mari parti pour la chasse
ou autrement ; plus d'un amant en pareil cas s'est
trouvé heureux de s'enfermer dans un cabinet et
de s'enfuir par la fenêtre, faisant disparaître avec
soi le corps du délit ; et il n'a pas manqué de

Suzannes ou d'Arphures pour se montrer ensuite à
propos et donner le change à un mari au plus
grand avantage de leurs maîtresses. Tout cela est
dans la nature qui n'a pas épuisé toutes ses
ressources en produisant le premier.... adultère
sous le toit conjugal, et personne ne s'est jamais
avisé de dire que le second n'ait été qu'un plagiat
du premier. Pourquoi donc contesterions-nous à
Beaumarchais l'originalité du fond dans les scènes
du second acte ? Elle ne lui est pas plus disputable
que celle de la forme dans cette gracieuse et spiri-
tuelle situation, l'une des mieux conduites et des
plus attachantes qui aient été mises au théâtre.

Et au surplus Beaumarchais n'est plus là pour
nous dire s'il avait lu l'*Histoire des amours de
Henri IV ;* point qu'il faudrait prouver avant
tout.

Mais l'auteur de *Notre-Dame de Paris* est encore
de ce monde, et, au moins, on peut avoir sa confession, s'il veut la faire.

On se rappelle sans doute encore l'explosion qui
se fit en 1833, dans le *Journal des Débats,* contre
Alexandre Dumas.

Il fut accusé de plagiat ! Non pas d'un ou deux
plagiats, mais d'un exercice en grand de piraterie
littéraire qui composait tout le fond de son talent.
Il copiait ses drames, il copiait son style. Son livre
de *Gaule et France* n'a jamais été un bon livre.
Je voudrais bien n'en point parler. On pouvait
n'en rien dire. Il ne lui profitait en quoi que ce
fût d'être né d'un plagiat. On l'en accusa comme
du reste. Le coup partit avec toute la violence
possible.

J'ai dit que l'explosion avait eu lieu dans le
Journal des Débats. On choisit pour mettre le feu
à la batterie un jeune écrivain qui s'annonçait dans
ce début sous la simple initiale G., avec beaucoup
de verve et de coloris, et que l'on connut bientôt
pour être M. *Granier de Cassagnac.* Peu lui im-
portait sans doute de s'engager témérairement, et
au bout du compte, de n'avoir pas raison dans une

mauvaise cause, s'il se montrait capable d'en soutenir une bonne au besoin. Je n'ai plus sous les yeux le feuilleton du *Journal des Débats,* où M. Granier de Cassagnac fit ainsi sa première campagne. Mais je vois encore le journaliste passer en revue les œuvres d'Alex. Dumas, et nous montrer Schiller qui lui réclame une scène, Walter Scott ur. chapitre, Augustin Thierry et Châteaubriant une phrase, et Victor Hugo un mot. Le drame *Henri III et sa cour* s'y trouva le plus particulièrement dénoncé. Il était pris d'une aventure de Madame Monsoreau, dans Anquetil ; et l'intrigue du *Mouchoir* constituait un larcin fait au *Fiesque* de Schiller. Comment toutes ces allégations se soutenaient-elles ? De la même manière qu'elles se prouvent presque toujours en pareil cas : par la simple affirmation d'une critique sans doctrine, qui, entre deux points offrant quelques rapports, ne sait ou ne veut pas distinguer d'où procèdent ces rapports, où ils cessent, ce qu'ils deviennent en se quittant, quelles nuances les différencient, quel esprit particulier les anime, enfin s'ils touchent au même but, et aux yeux de laquelle tout est confusion d'un seul et même objet.

Les révélations de la presse périodique répandirent sur la portée des attaques dirigées contre A. Dumas, un jour suffisant pour ne pas laisser complétement à l'ombre de M. Granier de Cassagnac l'adversaire plus réel qui se tenait derrière dans l'insomnie de Thémistocle. Les succès dramatiques de l'auteur d'*Antony* n'avaient cependant point fait pâlir l'astre de *Notre-Dame de Paris,* qui ne sera jamais éclipsé. Aucun livre de l'époque n'avait été plus lu ni plus en vogue. Sa renommée s'accroissait de jour en jour. Entre les scènes et les tableaux de ce beau livre, quelle popularité n'est pas restée à l'épisode de *La cour des miracles,* dans le chapitre vi du IIe livre, *La cruche cassée ?*

On se rappelle cet épisode.

Gringoire, après la dispersion de la procession du pape des fous par Claude Frollo, sur la place de Grève, transi de froid, de l'humeur d'un poëte dont la pièce vient de tomber, et n'ayant pas soupé, cherche un gîte pour la nuit qui est déjà venue. Cette nuit est sombre ; il se perd dans les rues, toutes au plus noires, jusqu'à ce qu'enfin une longue ruelle lui offre un point lumineux vers lequel il se dirige. Chemin faisant il passe près d'un cul-de-jatte. Ce cul-de-jatte lui adresse ces mots : *La buona mancia, signor ! la buona mancia !*

Gringoire passe outre, sans savoir, plus que moi, ce que cela veut dire, et rejoint un second individu, boiteux et manchot, qui lui crie aux oreilles : *Senor caballero, para comprar un pedazo de pan !*

Il double le pas, mais un aveugle lui barre le chemin en lui disant : *Facitote caritatem !* Gringoire comprend cette fois et poursuit sa route. Alors l'aveugle se met à allonger le pas, et Gringoire à courir. « L'aveugle courut, le boiteux courut, le cul-de-jatte courut. » L'idée vient à Gringoire d'essayer de retourner sur ses pas. Il est trop tard..... Enfin il atteint l'extrémité de la rue. Elle débouche sur une place immense.... Gringoire s'y jette, espérant échapper, par la vitesse de ses jambes, aux trois spectres informes qui s'étaient cramponnés à lui.

« — *Onde vas, hombre !* cria le perclus, jetant là ses béquilles et courant après lui avec les deux meilleures jambes qui eussent jamais tracé un pas géométrique sur le pavé de Paris.

« — Cependant le cul-de-jatte, debout sur ses pieds, coiffait Gringoire de sa lourde jatte ferrée, et l'aveugle le regardait en face avec des yeux flamboyants.

« — Où suis-je ? dit le poëte terrifié.

« — Dans la Cour des miracles..... »

Là-dessus, on mène Gringoire au roi de l'endroit, Clopin-Trouillefou, qui est assis sur un tonneau, en guise de trône. Cet aimable souverain le condamne à être pendu, parce qu'il est entré dans le

royaume d'Argot, sans être argotier. Gringoire,
qui tient à n'être pas pendu, fait observer qu'il est
argotier depuis longtemps, parce qu'il est poëte, et
demande à être reçu truand. On lui impose, à ce
titre, l'épreuve de *fouiller le mannequin*, et il y
échoue ; ce qui le ramène à être pendu ; mais il
échappe une seconde fois à la corde, par le bénéfice
de la loi bohémienne, qui veut qu'on ne pende pas
un homme sans demander s'il y a une femme qui
en veut. A cette espèce d'encan il ne tente aucune
des truandes de la Cour des miracles, pas même la
plus repoussante ; cependant, à la fin, une voix
dit : *Je le prends*, c'est la voix d'*Esmeralda*. On
apporte une cruche d'argile. Esmeralda la présente
à Gringoire, et lui dit de la jeter à terre. La cruche
se brise en quatre morceaux. Le poëte et la bohémienne sont unis pour quatre ans.

Tel est l'épisode.

Depuis l'apparition de *Notre-Dame de Paris*,
en 1831, ce souvenir de la situation de Gringoire,
dans la Cour des miracles, m'est constamment
resté ; il m'a fallu néanmoins le rafraîchir à sa
source pour l'esquisse que je viens de donner. Il
se raviva surtout à la lecture que je fis d'une
ancienne pièce en trois actes, juste au moment où
M. Alex. Dumas se trouvait accusé de plagiat.
Cette pièce a pour titre : *Arlequin, roi de Serendib*,
et pour auteur Lesage, qui s'est immortalisé par le
roman de Gil Blas. Représentée en 1713, elle a été
imprimée en 1721, dans le recueil du *Théâtre de la
Foire*. J'en extrairai textuellement la scène première du premier acte.

« Le théâtre représente une solitude où l'on voit
des rochers escarpés. Arlequin a fait naufrage
sur la côte. Il s'avance dans l'île de Serendib,
s'assied à terre et compte son argent. Tandis qu'il
est dans cette occupation, il arrive un homme qui
a un emplâtre sur l'œil et une carabine sur l'épaule.
Cet homme pose son turban à terre, fait signe à
Arlequin de jeter de l'argent dedans, et le couche
en joue en criant : *Gnaff, Gnaff*. Arlequin, effrayé,

jette plusieurs pièces dans le turban. Le voleur se retire, et dans le moment il en paraît un autre qui a le bras gauche en écharpe, une jambe de bois et un large coutelas au côté. Celui-ci met, comme l'autre, son turban à terre, et tenant son coutelas fait signe à Arlequin d'y jeter de l'argent, en lui disant : *Gniff, Gniff*. Il obéit, et le voleur s'en va. Arlequin, après cela, pose sa bourse à terre derrière lui ; mais un troisième brigand, en cul-de-jatte, et portant un pistolet à la ceinture, paraît et s'empare subtilement de la bourse. Arlequin se lève pour la lui ôter. Le cul-de-jatte lui présente le bout de son pistolet, en criant : *Gnoff, Gnoff*. On voit alors revenir les deux premiers voleurs qui se défont, l'un de son emplâtre, l'autre de sa jambe de bois ; le troisième sort de sa jatte, et tous se mettent à danser autour d'Arlequin. Dans le même temps, il paraît une charrette tirée par un âne et conduite par un sauvage, qui tient à la main une grosse massue. Il y a dans la charrette une table, deux bancs, un piédestal, des peaux de bouc et un tonneau. Pendant qu'au fond du théâtre quelques voleurs s'occupent à décharger la charrette, trois autres dansent avec trois femmes de leur compagnie. Après la danse, les trois voleurs qui ont volé Arlequin dressent une table et y placent des provisions, le tonneau au milieu. Tous se mettent à boire et à manger. Arlequin veut cajoler une des femmes qui est auprès de lui, mais le cul-de-jatte lui présente le bout de son pistolet. Le repas fini, tous les voleurs s'en vont, à l'exception des trois premiers, qui décident entre eux du sort d'Arlequin et veulent le faire mourir. Il va être frappé d'un coup de coutelas ; mais il demande grâce à genoux, et alors on arrête de l'enfermer dans le tonneau, pour le laisser en pâture aux loups du désert. Après quoi les voleurs s'en vont. Dans son tonneau, Arlequin est flairé par un loup, dont il saisit la queue en passant la main par le trou de la bonde. Le loup, qui a peur, veut entraîner le tonneau ; mais sa queue reste entre les mains d'Arlequin, et le touneau se partage en deux. Le loup se sauve d'un côté et Arlequin de l'autre. »

A cela près que Gringoire ne possède pas un sou, n'est-il pas dans la même situation qu'Arlequin ? N'est-ce pas le même fil aventureux qui le conduit aux mains des trois mendiants ? Et quel rapport de conformité, exact jusqu'au nombre, entre les trois voleurs de la pièce et les trois brigands du roman, également fardés de plaies et d'infirmités, sortant des deux parts de leur jatte et recouvrant soudainement l'usage de leurs membres ! Pour peu que l'on force les rapprochements, leur argot respectif n'est-il pas empreint d'une égale étrangeté ? Gringoire n'est-il pas d'abord condamné à mourir, comme Arlequin ; et, du supplice de son tonneau, Arlequin n'appelait-il pas Gringoire à *fouiller le mannequin ?* Si la diversité des actes les sépare, ne se retrouvent-ils pas à la bizarrerie des moyens ? C'est là ce que ne manquerait pas de prétendre, pour vouloir convaincre *Notre-Dame de Paris* de plagiat, une critique qui se tiendrait à la surface des choses et à leurs apparences. Mais que l'on compare à l'informe et grossière ébauche d'Arlequin, la belle ordonnance du tableau de V. Hugo, dans cette scène si animée et si pittoresque de la *Cour des miracles* et quelle critique se sentira la force de dire — à la bouffonne majesté de Clopin Trouillefou : « Je t'ai vue quelque part ; » — à l'originale figure de ce Gringoire, toujours philosophant, pédant jusque sous la potence : « Tu as échoué un jour sur les sables de Serendib ? »

Cependant il y a similitude entre les deux parties, il serait puéril de le nier ; mais cette similitude est-elle un effet du hasard de l'imagination dans deux esprits différents ? Cette question me ramène à celle de savoir si Victor Hugo, lorsqu'il a composé *Notre-Dame de Paris*, avait lu ou connaissait la pièce de Lesage. Je déclare pour mon compte que, l'eût-il connue, on devrait en bonne justice lui faire la même part qu'à Molière, lorsqu'il disait *reprendre son bien* chez les autres. Mais s'il ne l'a pas connue, la question de plagiat n'est-elle pas tranchée pour toujours ? Une déclaration de M. V. Hugo, sur cet article, aurait donc une grande importance. Elle n'ôtera rien à sa gloire d'avoir écrit *Notre-Dame de Paris*, dans quelque sens que la vérité la lui dicte ; et elle peut résoudre par le fait un point très-intéressant de psychologie.

Lorsque l'on aura ainsi acquis la certitude qu'il peut se former dans plusieurs cerveaux, spontanément et originellement, des combinaisons d'idées identiques, avec le même ensemble, la même suite et les mêmes détails quelles se montrent dans les compositions que je viens de comparer, il deviendra impossible de laisser subsister toutes ces cellules où l'on enferme de prétendus plagiaires, et de poser des limites à la faculté d'imaginer.

A plus forte raison permettra-t-on à deux poëtes de comparer à une orange ce qui est jaune, sans que l'on accorde un mérite d'invention à celui qui a fait la comparaison le premier ; car on a été jusque-là.

Tout est dit, a dit lui-même La Bruyère en commençant un livre. Et il n'en a pas moins fait ce livre qui a sa place dans les chefs-d'œuvre de la littérature française.

C'est qu'en effet, si tout est dit, tout peut se redire. Tout doit même être redit, pour être entendu de tous, dans les révolutions des âges et les successions des siècles.

L'important d'une vérité qui doit éclairer l'esprit public, d'une idée qui doit l'agrandir, d'une pensée ingénieuse qui peut l'orner, n'est pas que cette vérité, cette idée, cette pensée éclosent dans un cerveau privilégié, mais qu'elles se propagent et multiplient. Si le premier épi sorti de terre avait eu la prétention et eût obtenu d'être le seul épi, nous n'aurions pas de moissons.

UNE

SINGULARITÉ DE TRADUCTEUR.

Les *Lettres de Pline le Jeune*, que les latinistes lisent toujours avec tant de charme, n'ont jamais eu qu'un seul traducteur dans notre langue, Louis de Sacy. Les quatre premiers livres de cette traduction parurent en 1699, et les six autres en 1701, l'année même où Sacy fut élu membre de l'Académie française. Deux ans après, Sacy publia un *Traité de l'Amitié*, où se trouvent des citations de Pline en français. Je ne sais pourquoi, en lisant ces citations dans le *Traité de l'Amitié*, j'ai été curieux de les rapprocher des mêmes passages dans la traduction des *Lettres* ; mais je fus fort surpris des différences que j'y rencontrai. S'il était moins certain que Sacy a composé les deux ouvrages, ces différences autoriseraient à douter assez sérieusement qu'ils fussent du même auteur. C'est ce que je veux démontrer dans cet article.

Ainsi pour premier exemple, je citerai ce texte de la 28e lettre du 7e livre de Pline, laquelle est écrite à Septitius. — Septitius reprochait à Pline de louer trop ses amis en toute occasion. Pline lui répond :

« Agnosco crimen, amplector etiam. Quid enim
» honestius culpa benignitatis ? Quid sunt tamen
» isti, qui amicos meos melius me norint ? Sed ut
» norint, quid invident mihi felicissimo errore ?
» Ut enim non sint tales, quales a me prædicantur,

» ego tamen beatus, quod mihi videntur. Igitur
» ad alios hanc sinistram diligentiam conferant :
» nec sunt parum multi, qui carpere amicos suos
» judicium vocant : mihi numquam persuadebunt,
» ut meos amari a me nimium putem. »

Ce passage est rendu comme il suit, par Sacy,
dans sa traduction générale des *Lettres* :

« J'avoue mon crime, et j'en fais gloire ; car,
qu'y a-t-il de plus honnête que de pécher par indulgence ? Qui sont pourtant ces personnes qui croient
connoître mes amis mieux que je ne les connois ?
Mais soit, je veux qu'ils les connoissent mieux ;
pourquoi m'envier une erreur si flatteuse ? Car
supposons que mes amis ne soient pas tels que je
le dis, je suis toujours infiniment heureux de le
croire. Je conseille donc à ces critiques de porter
ailleurs leur maligne délicatesse. Assez d'autres
traiteront d'équité la facilité qu'ils ont à blâmer
leurs amis. Pour moi l'on ne me persuadera jamais
que j'aime trop les miens. »

Voyons maintenant sa version dans le *Traité de
l'Amitié* :

« J'avoue *le* crime, et je *m'en* fais *honneur*. Car
qu'y a-t-il de plus honnête que de *faillir* par *trop
de tendresse et de bonté ?* Qui sont *donc* ces *gens*
qui *prétendent* mieux connoître mes amis que je
ne les connois *moi-même ?* Mais, je veux qu'ils les
connoissent mieux : pourquoy m'*envient-ils mon
agréable illusion ?* Car, *enfin, supposé* que mes
amis ne soient pas tels que je le dis, *je ne laisse
pas d'être* infiniment heureux *d'avoir d'eux l'opinion que j'en ai.* Je conseille donc à ces *gens là*
de porter ailleurs leur maligne délicatesse. *Ils
trouveront assez de personnes disposées à prendre
pour discernement la censure qu'ils font de leurs
amis.* Pour moi l'on ne me persuadera *pas* que
j'aime trop les miens. »

C'est là, on le reconnaîtra, une toute autre manière de mettre en français le texte de Pline.

ourquoi ce changement, et quelle raison avait
acy de ne pas se servir, pour son *Traité*, de la
traduction qu'il avait déjà publiée ? On pourrait
supposer qu'il avait voulu retoucher ce passage,
croyant se rapprocher plus fidèlement de l'original.

ais il a réuni plus tard sa *Traduction* et son
Traité dans un même volume in-4° publié en 1722,
qui forme la collection de ses œuvres, et l'on y
emarque la même différence.

La singularité est bien plus extraordinaire dans
n autre endroit du *Traité de l'Amitié*. Au
deuxième livre de ce traité, l'auteur pose ce prin-
cipe que, tout étant commun dans l'amitié, dès
que notre ami est attaqué, nous sommes attaqués
ous-mêmes, et il cite, en exemple, la conduite de
line en pareille circonstance :

« Vous me demandez mon amitié, disait Pline à
un homme des plus accréditez de son siècle, et vous
me la demandez après avoir cruellement offensé
lauricus mon intime ami. Vous souhaitez que je
reçoive vos excuses. Il revient de son exil. Je
l'attends, je ne puis rien vous répondre sans luy.
Il réglera mes démarches, c'est à luy à résoudre et
à me déterminer ; à luy d'ordonner, à moy d'obéir. »

Pourrait-on jamais croire que cette traduction
d'un fragment d'une lettre de Pline vienne du même
écrivain qui a lu dans l'original cette lettre, la cin-
quième du livre 1er ? Pline y raconte à Voconius que
Regulus lui a fait demander par Spurina et par
d'autres, non pas son *amitié*, comme le dit Sacy,
mais une réconciliation « rogat ut me sibi *recon-
cilient.* » Ce Regulus est l'homme même que Sacy
nous représente comme *des plus accréditez de son
siècle*. Il ne charge point Spurina d'obtenir de
Pline qu'il devienne son ami, mais qu'il ne soit
plus irrité contre lui « ne mihi *irascatur ;* » et
Pline répond non pas à Regulus lui-même, comme
le *Traité de l'Amitié* le donne à penser, mais à son
négociateur Spurina :

« Dispicies ipse quid renuntiandum Regulo

» putes.. Te decipi a me non oportet. Exspecto
» Mauricum.... : ideo nihil alterutram in partem
» respondere tibi possum, facturus quidquid ille
» decreverit. Illum enim esse hujus consilii ducem,
» me comitem, decet. » C'est là le passage traduit
et interprété, par Sacy, dans le *Traité de l'Amitié*
de la façon qu'on vient de le voir, lorsque dans sa
traduction générale des Lettres de Pline, il l'avait
rendu ainsi : « Vous verrez vous-même, lui dis-je
(c'est-à-dire à Spurina), ce qu'il faut répondre à
Regulus. Voici la situation où je me trouve. J'attends Mauricus.... Je ferai tout ce qu'il voudra. Il
me siéroit mal de me déterminer sans lui. C'est à
lui à me guider : c'est à moi à le suivre. » Je ne
relève pas les infidélités de cette version. Je veux
seulement noter quel emploi Sacy faisait de sa traduction des *Lettres de Pline*, et comment il savait
profiter de la connaissance qu'il avait du texte de
cet auteur, dans la composition de ses autres ouvrages. Assurément il y a de la singularité.

Au reste ses amis paraissent en avoir usé avec
lui tout aussi librement que lui-même, à en juger
par la marquise de Lambert. Cette dame, à qui il
avait précisément dédié son *Traité de l'Amitié*, a
composé aussi un traité de quelques pages sur le
même sujet : elle y cite un passage de Pline en
français, et ce n'est pas de la traduction de Sacy
qu'elle se sert : « Pline, rapporte-t-elle, ayant
perdu son ami, — *je crains bien, dit-il, de me
relâcher dans le chemin de la vertu ; j'ai perdu
mon guide et le témoin de ma vie.* » La lettre qui
contient ce passage est la douzième du livre 1er :
le texte porte : « Amisi enim, amisi vitæ meæ
» testem, rectorem, magistrum. In summa dicam,
» quod recenti dolore contubernali meo Calvisio
» dixi : Vereor ne negligentius vivam. » Sacy em-
porte cela, tout à fait à la française : — « *Ah ! mon
cher,* j'ai perdu le témoin, le guide, le juge de ma
conduite. Vous ferai-je un aveu que j'ai déjà fait
à notre ami Calvisius, dans les premiers transports
de la douleur ? Je crains bien que *cette perte ne
me coûte quelque relâchement.* »

On traduirait différemment aujourd'hui ; et la traduction de Sacy, pour les hommes de notre temps, a fait le sien. Elle n'est entrée que faute d'autres, et sous conditions, dans la *Bibliothèque latine française* de Panckoucke. Laharpe qui la lisait très vraisemblablement, en traitant des deux Plines dans son Cours de littérature, n'en parle pas. Cependant M. Sainte - Beuve la trouve encore *agréable* : c'était aussi le sentiment de d'Alembert qui l'égalait sur ce point à l'orginal. En remontant plus haut dans le 18e siècle, nous lui verrions accorder de bien autres suffrages qu'elle méritait sans doute alors, et qu'il faut équitablement lui laisser comme l'impression du temps. Ils appartiennent à la mémoire de Sacy avec le souvenir des grâces de son esprit et de ses douces qualités de cœur.

SUR QUELQUES LIVRES.

I.

RÉFLEXIONS POLITIQUES par lesquelles on fait voir que la persécution des Réformes est contre les véritables intérêts de la France. — *Cologne*, Pierre Marteau, 1686, petit in-12.

Y a-t-il eu deux éditions de cet ouvrage, ou différents tirages d'une même édition ? L'exemplaire que je possède est de l'année 1686. Il porte aussi ce millésime dans les *Mémoires* de Nicéron et dans la *Bibliothèque de Lorraine*. Le *Dictionnaire* de Moreri (1759) le cite sans date ; mais divers bibliographes jusqu'à Barbier lui donnent celle de 1685. Fevret de Fontette, dans son édition de la *Bibliothèque* du P. Lelong, renvoie même aux *Nouvelles de la République des Lettres*, du mois de novembre 1685, où l'on doit croire que Bayle avait parlé de l'ouvrage. Je n'ai pas le moyen de vérifier la citation ; mais, si elle est exacte, la rédaction du livre et son impression doivent avoir été conduites avec bien de la célérité, ce livre étant la critique de l'édit du 22 octobre qui venait de révoquer celui de Nantes. « Je veux parler, dit l'auteur, de cet édit qui vient de chasser de ce roïaume *(de France)* un nombre infini de personnes à qui l'on n'a jamais attribué d'autre crime que de ne pas être de la religion du Roy. » *(page 2)*.

Les *Réflexions* parurent sous le voile de l'anonyme ; et Bayle, selon une opinion qui est devenue commune, aurait mal conjecturé en les attribuant à l'auteur des *Nouveaux intérêts des princes*, Courtilz de Sandras. On trouve cette opinion émise par Nicéron, sans que l'on voie quelles meilleures raisons il a eues de croire que les *Réflexions* étaient de Charles Ancillon. Pour tomber dans une pareille méprise, il fallait n'avoir rien lu de ce livre, et de plus ne rien connaître ou avoir tout oublié de la vie d'Ancillon et de celle de Courtilz.

Courtilz de Sandras naquit en 1644, à Montargis, suivant le premier sentiment du P. Le Long ; à Paris, d'après sa propre rectification adoptée par Nicéron (1) ; en Champagne selon d'autres ; et il suivit la carrière des armes dès l'âge de quinze ans, au service de la France. Ancillon, originaire de Metz, où il naquit le 28 ou le 29 juillet 1650, n'occupa que des emplois civils en France d'abord, et à l'étranger après s'y être réfugié. A l'époque où parurent les *Réflexions Politiques*, Ancillon, âgé de 26 ans, n'avait encore rien écrit, ou du moins rien livré au public. Courtilz, au contraire, avait atteint 41 ans et publié plusieurs ouvrages. Tous ces points sont recueillis des biographies de chacun d'eux. Voyons maintenant ce que l'on peut tirer des *Réflexions Politiques*, pour y concorder.

A la page 87, l'auteur donne quelques renseignements sur sa personne. « Depuis que j'*ai quinze ans passés*, dit-il, moi qui parle, je n'ai pas discontinué de servir dans ses armées *(celles du roi de France)* ; j'en ay dix ou douze blessures sur le corps, et quoique je sois dans la souffrance, je sens bien que je donnerais encore tout mon sang pour lui. » Or, cela peut se rapporter à Courtilz, et nullement à Ancillon. On jugera si l'on doit se servir, pour la biographie de Courtilz, de ce qu'il dit dans la préface, de sa fuite en Italie où il s'était sauvé en qualité de voyageur, et du séjour qu'il aurait fait à Milan, deux ans avant la composition de son livre. En quelque pays qu'il ait réellement séjourné, on n'a jamais contesté qu'en 1683

____

(1) Mémoires X, première partie, page 86.

au plus tard, il eût quitté la France. Il n'y revint
que six ans après. Assurément, il prévoyait en
prenant le parti des Réformés contre la révocation
de l'édit de Nantes, qu'il y retournerait un jour ;
et dès lors la prudence lui commandait de ne pas
attaquer, sur un acte aussi important, un gouver-
ment dont il restait le sujet, sans se déguiser à ses
yeux. Louis XIV lui-même était assez durement
traité dans son livre. On y disait qu'après avoir été
le prince le plus redouté de l'Europe, « il était si
fort déchu de sa réputation qu'il n'était plus pour
ainsi dire reconnaissable. » De là vient que Courtilz
y a feint d'être un de ces Réformés que le nouvel
édit avait forcés de s'expatrier, bien qu'il ne fût
pas de leur religion. Ce n'est point le seul de ses
ouvrages où il se soit conduit ainsi ; et l'on a re-
marqué que, dans sa *Vie de Coligny*, qui parut
en 1686, il a également parlé en religionnaire. Ce
voile lui suffisait apparemment, pour le cacher et
ne pas lui faire craindre de se rendre visible par
d'autres côtés, au moins dans ses *Réflexions Politiques* ; car tous les autres traits sous lesquels se
peint l'auteur de ce livre peuvent s'ajuster à sa personne et à sa vie.

« Je me souviens, dit-il encore à la page 232,
qu'après la paix des Pyrénées, lorsque tout le
monde s'attendait à jouir de quelque repos, ce
furent de nouveaux édits..... » La paix des Pyrénées fut conclue le 7 novembre 1659, un peu plus
de trois mois après la naissance d'Ancillon. Ancillon
ne pouvait se *souvenir* de ce temps-là, ni de ce qui
s'y passa : mais Courtilz en pouvait parler de mémoire, comme de choses dont il avait été le témoin,
puisqu'il commença à quinze ans à servir dans les
armées. Or, il avait atteint cet âge à l'époque du
traité des Pyrénées ; et il ne faut pas perdre de vue
qu'il parle surtout de ce qui s'est fait après ce
traité. Déjà le même sujet l'avait tout particulièrement occupé : on met au nombre de ses œuvres
une *Histoire des promesses illusoires depuis la
paix des Pyrénées*, publié en 1684.

Il servit constamment jusqu'à la paix de Nimègue (10 août 1678), et peut-être s'est-il mis en scène dans cet autre passage de la page 164 des *Réflexions*, où il dit : « Ce n'est pas pour nous vanter, mais je ne sache guères de catholique, qui fît plus que fît un simple capitaine de la religion réformée, à une de ces dernières batailles que nous donnâmes en Allemagne, étant blessé de deux coups de pistolet, l'un dans le corps, l'autre dans le visage, et son cheval d'ailleurs ayant été tué sous lui : « Enfants, dit-il à sa troupe, vive le Roi ! et passez-moi sur le ventre pour aller aux ennemis. » Qu'il reste seulement à tenir pour vrai de ce récit, que l'officier dont on y parle était capitaine, et nous trouvons que Courtilz avait justement ce grade dans le régiment de Champagne.

Enfin, page 220, on lit ceci : « Je puis dire, sans exagération, que je *suis d'une province* où la misère règne tellement, qu'à moins de mourir de faim, l'on ne saurait être plus misérable. Les paysans n'y mangent de la viande que les quatre bonnes fêtes de l'année. Le reste du temps, ils n'ont que du pain noir et des légumes. Aussi sont-ils faits d'une manière qu'ils feraient peur, si l'on n'était accoutumé de les voir. »

A coup sûr, on ne reconnaîtrait pas le pays Messin, d'où Ancillon était originaire, à l'aspect si triste sous lequel l'auteur des *Réflexions* dépeint ici sa province natale, sans la nommer. Mais on pourrait y entrevoir le Gatinois Orléanais, dont Montargis faisait partie ; et c'est ici le lieu de revenir sur la première opinion du P. Lelong, qui a fait d'abord naître Courtilz dans cette ville. En présence d'une preuve positive, la critique entreprendrait, sans raison, d'examiner si Courtilz naquit plutôt à Paris et dans la rue de l'Université. Nicéron l'a affirmé comme une chose sûre, parce qu'il le tenait de la veuve de Courtilz : mais c'est là un indice, ce n'est pas un témoignage tel que celui qui résulterait, par exemple, de quelque registre de paroisse ; et ce témoignage n'est pas produit.

Jusques-là, l'extrait que je viens de faire des *Réflexions* peut s'accorder avec le premier senti-ment de Lelong. Dans tous les cas, il ne se rap-porterait pas à Ancillon, et c'est le point qu'il importe le plus d'établir pour démontrer qu'Ancillon n'est pas l'auteur de ce livre, et que dès lors Bayle l'a justement attribué à Courtilz.

Les *Réflexions Politiques* paraissent être deve-nues un livre peu commun à rencontrer. Si les catalogues des grandes bibliothèques, et les biblio-graphies de l'histoire de France n'en comprenaient pas de moins importantes, je m'abstiendrais de remarquer que celui-ci ne figure ni dans la col-lection de La Vallière, ni dans celle de Leber, et que le P. Lelong ne l'avait pas inscrit dans sa *Bibliothèque historique*, puisqu'il forme un article nouveau dans l'édition de Fevret de Fontette, avec tous les indices que ce dernier est l'auteur de cet article. Les tables du *Manuel* de M. Brunet ne le citent pas davantage. Bien qu'il ne doive rien ajouter à la réputation de Courtilz, on ne saurait l'exclure à l'avenir de la liste de ses nombreux ouvrages.

II.

SCIENCE DES PRINCES, ou considérations politiques sur
les coups d'état, par Gabriel Naudé, parisien, avec les
réflexions historiques, morales, chrétiennes et politiques. De L. D. M. C. S. E. D. M. imprimées en l'an
MDCCLII.

L'auteur des *Réflexions*, qui se fait ici chercher
sous un si grand luxe d'initiales, se nommait Louis
du May, conseiller-secrétaire du sérénissime élec-
teur de Mayence, et mourut le 22 septembre 1681.
Il avait lui-même publié en 1673 l'ouvrage de
Naudé, avec ses propres *Réflexions*. L'édition de
1752, dont je m'occupe dans cet article, est
annoncée comme étant en *trois* volumes dans
toutes les bibliographies où elle est citée. C'est une
erreur qui s'est propagée jusqu'au sein des catalogues de bibliothèques où l'on avait l'ouvrage sous
les yeux. On doit regretter que la négligence ou la
distraction, ou même encore la bonne foi des hommes spéciaux dans ces matières laissent de pareilles
fautes à reprendre ; car le premier mérite de la
bibliographie étant l'exactitude, bien que ces fautes
soient légères, il n'en faut pas moins les relever
quand on les rencontre ; et, à cette besogne on
perd du temps, on semble s'attacher à des vétilles
pour ne multiplier que de petites remarques dans
des ouvrages qui sont toujours jugés n'en être que
trop grossis.

Soyons donc exacts, autant que nous le pouvons
en décrivant les livres, et revenons à notre Naudé
de 1752.

Cette édition n'a que deux tomes ou deux volumes. Le premier tome contient xvj=619 pages terminées par ces mots : *fin du premier volume*. Le
second tome renferme 468 pages terminées à la
409ᵉ par ces mots : *fin du second et dernier
volume*. Ce qui suit cette fin comprend la table des

matières avec cet avertissement : « La lettre *a* signifie le tome I, et la lettre *b* le tome II. » Les signatures du tome I sont *a*=A.—F. ff. ; celles du tome II sont A.—R. r. On ne pouvait caractériser plus complètement chacun de ces deux tomes. J'en possède un exemplaire ainsi formé et d'une reliure du temps où l'ouvrage a paru ; mais il existe dans la bibliothèque communale de Boulogne un exemplaire relié en trois volumes, et voici comment la matière s'y trouve distribuée :

Le premier volume finit à la page 330 avec la remarque 102e. Le deuxième continue la pagination du précédent de la page 331 à celle 649 où on lit : *fin du premier volume*, et il prend ensuite les 69 premières pages du tome II. Mais au lieu de placer en tête de ces 69 pages le titre numéroté tome II, on l'a mis au-devant de la continuation du tome Ier à la page 331. Le troisième volume commence par un titre numéroté *tome III* et contient la suite du tome II, c'est-à-dire les pages 71 à 468, y compris la table des matières renvoyant aux tomes I à II. Ces trois volumes n'ont donc été formés que par un démembrement des deux tomes primitifs avec un titre spécial pour le troisième, ce qui ne change rien à la division réelle de l'ouvrage en deux tomes. Il me paraît que leur grosseur aura donné l'idée, après l'impression, de les partager en trois volumes, bien qu'il n'y ait rien d'excessif à ce qu'ils n'en forment que deux, conformément à leur disposition typographique. L'accord des bibliographes à décrire l'édition en trois volumes sur l'apparence des titres, démontre néanmoins que les exemplaires en sont plus communément divisés en trois que maintenus en deux.

Les *Considérations politiques sur les coups d'état* parurent pour la première fois à Rome en 1639, in-4°. Plusieurs autres éditions ont été faites *suivant la copie de Rome*. Il y a, à ma connaissance, celles de :

1667 à la sphère in-12 (catalogue C*** 1829).

1679   id.   pet. in-12 (catalogue Peignot).

1712 in-12 (ma bibliothèque).

Les éditions de 1667 et 1679 sont donc distinctes, et l'auteur de l'article Naudé dans la *Biographie Universelle*, M. Weiss, n'aurait pas dû dire « cet ouvrage a été réimprimé en Hollande, 1667 *ou* 1679, » comme s'il n'y avait eu qu'une édition, soit de la première, soit de la seconde de ces deux années. Peut-être la faute est-elle moins à M. Weiss qu'à l'imprimeur qui aura mis *ou* au lieu d'*et*, renouvelant par là le sujet de discussion du *Mariage de Figaro*.

Ainsi encore, le *Manuel du Libraire* cite une édition d'*après la copie de Rome* de 1671, et ne mentionne pas celle de 1679 ; et la *France Littéraire* place dans l'année 1712 une des éditions données avec les remarques de Louis du May, sans parler de celle de 1673. Y a-t-il dans ces deux cas erreur ou omission ? N'aurait-on pas mis 1671 pour 1679 et 1712 pour 1673 ? Je crois assez à l'erreur ; cependant je ne décide pas. Je demande seulement que l'on prenne un peu plus au sérieux la correction typographique dans les matières où les faits sont constatés par dates, comme il arrive dans les descriptions de livres. Il est toujours intéressant de savoir combien de temps a duré le succès ou le cours d'un ouvrage, quels besoins on a eus de le rééditer, et, entre les principaux moyens que l'on possède pour le constater, il faut certainement compter les indications des années où il a été réimprimé. Si vous donnez une année pour une autre, vous faites croire à deux éditions lorsqu'il n'y en a qu'une, et vous jetez le trouble et la confusion là où tout était de soi simple et clair. En se précautionnant contre les erreurs de cette espèce, la biographie évite des articles tels que celui-ci. C'est un double bénéfice.

III.

ACADÉMIE MILITAIRE (l'), ou les Héros subalternes, par P***, auteur suivant l'armée (avec cette épigraphe : *Sublato jure nocendi).— Amsterdam,* par la Société, 1749, six parties.

Le *Bulletin du Bibliophile* du mois d'août 1851, sous le numéro 956, donne le titre de cet ouvrage *(Académie militaire, etc.),* et le fait suivre d'une courte analyse de ce que le livre contient. Cette analyse est signée de M. P. Lacroix, connu aussi sous le pseudonyme de *bibliophile* Jacob.

Je commence par reconnaître que M. P. Lacroix n'a pas pris ce titre de *bibliophile* en signant son article, et j'en suis plus à mon aise pour faire la critique des inexactitudes qui s'y trouvent. Car, en redressant de graves erreurs commises dans la description d'un livre, je n'aurai pas du moins à les reprocher à un écrivain qui fait profession d'aimer les livres, et par conséquent de les bien connaître. C'est à M. P. Lacroix, purement et simplement, à un homme comme tout autre, que j'aurai affaire. Or, si M. P. Lacroix, en ouvrant l'*Académie militaire,* a fait plus que copier le titre et feuilleter l'ouvrage, il faut qu'il l'ait lu avec de bien singulières préoccupations pour y avoir vu tout ce qu'il en a rapporté.

D'abord, il lui donne *quatre* parties, lorsque l'ouvrage en renfermé *six.* L'auteur, Godard d'Aucour, commença par publier les trois premières seulement, et, peu de temps après, il fit paraître la suite. Je possède un exemplaire de 1749 qui se compose des six livres : mais il a été constaté par M. Beuchot (1) que l'édition de 1745, la même que

---

(1) *Biographie universelle,* article Godard d'Aucour. Voyez aussi *la France littéraire* de 1756.

M. P. Lacroix a décrite, les contient aussi. Voilà donc une première erreur de M. P. Lacroix, quant à la description physique du livre.

Au fond, qu'était-ce que cette *Académie militaire* ? Une association, supposée et très-fictive, de six personnages prenant chacun le nom d'une province de France : *Parisien* (pour l'Isle-de-France), *Picard, Normand, Breton, Champenois, Bourguignon.* Tels sont les académiciens : ils se proposent de mettre en lumière les actions des soldats, par opposition aux historiens des batailles, qui ne s'attachent qu'à exalter les mérites et la gloire des chefs. Mais ils tiennent peu leur promesse, car il est moins question, dans l'*Académie*, de travaux *militaires* que d'aventures galantes, de celles qui se lisent dans les romans, et dont ici le héros ou l'auteur est presque toujours *Parisien*, c'est-à-dire l'auteur supposé de l'ouvrage. Godard d'Aucour, sous ce nom, exerce aussi quelques vengeances littéraires, satisfait ses rancunes d'auteur par des épigrammes à l'adresse de l'abbé Desfontaines, de l'abbé Pellegrin et du *Mercure de France*. Il s'accorde surtout ces satisfactions contre Voltaire, au sujet de son poëme de la *bataille de Fontenoy*, qu'il parodie dans le chapitre XI de la 3e partie ; et, au chapitre suivant on trouve sur le même sujet la pièce de vers que Voltaire, dans sa correspondance (1), attribue au poëte Roy, en relevant avec humeur ces vers :

> « Qui célèbre, depuis Noailles,
> « Jusqu'au moindre petit morveux
> « Portant talon rouge à Versailles. »

Cette pièce, dans l'*Académie militaire*, est présentée comme l'œuvre de l'académicien *Picard*, et on la met au-dessus de tout ce qui s'est écrit en vers sur Fontenoy. Voltaire a confondu, dans la foule des critiques que son poëme fit naître, l'ou-

---

(1) Lettre à Moncrif, du 16 juin 1745.

vrage de Godard d'Aucour, sans le nommer ; mais, dans ses *Honnêtetés littéraires*, il ne ménage pas un autre livre de Godard, l'*Espion chinois* (1).

On voit d'ici, et sans qu'il soit besoin de pousser plus loin l'analyse, quels sont le ton et la portée de l'*Académie militaire*, composition des plus frivoles et assurément peu digne de mémoire. M. P. Lacroix, tout au contraire, en a fait un ouvrage sérieux et un livre d'histoire qui « mérite d'avoir place dans la *Bibliothèque historique de la France.* » Je ne sais jusqu'à quel point auront tressailli les mânes du P. Lelong, en recevant ce cadeau pour sa *Bibliothèque ;* mais je puis affirmer que, du jour où elle enregistrerait l'*Académie militaire* dans ses colonnes, la *Bibliothèque historique de la France* serait le premier livre de bibliographie dont il faudrait se défier. Il est très-vrai qu'on y parle de la bataille de Fontenoy et des campagnes de Flandre : l'ouvrage commence à la prise de Menin et finit à celle de la ville d'Ath ; néanmoins, on n'en saurait tirer aucune lumière pour l'histoire de ces batailles et moins encore pour celle du règne de Louis XV. Tous ces faits militaires y sont indiqués pour montrer le lieu de la scène où se déroule un pur roman, et pour mesurer le temps que ce roman dure. Il n'y a rien que de fictif, jusqu'à la fondation de l'*Académie* elle-même, jusqu'à ses actes et ses statuts ; et quand M. P. Lacroix veut accréditer cet ouvrage auprès des bibliophiles, par cette raison « qu'il doit augmenter la classe, si peu nombreuse, des livres qui concernent les *Sociétés secrètes*, » il me semble agir un peu avec les sociétés secrètes, comme avec la *Bibliothèque historique* du P. Lelong. Plût à Dieu qu'elles n'eussent jamais existé plus réellement que l'*Académie militaire !* Le monde n'en eût pas été troublé.

____

(1) Œuvres de Voltaire, *Facéties et Mélanges littéraires,* seconde honnêteté.

La bibliographie est l'une des sciences exactes,
ou, dans un autre ordre d'idées, l'état civil de la
littérature. Voilà pourquoi j'ai cru nécessaire de
relever des erreurs commises dans la description
d'un livre qu'on ne lit même plus. On pouvait,
sans aucun dommage, laisser ce livre dans l'oubli :
il y en a tant de sa nature et de son mérite ! Mais,
du moment où l'on en parlait, il y avait obligation
de le montrer tel qu'il est et pour ce qu'il est. M.
P. Lacroix voudra sans doute le relire : j'espère
que, redevenant le *bibliophile Jacob*, il me par-
donnera alors cette petite guerre faite à l'article du
Bulletin, dans le seul intérêt d'une science qu'il
aime et qui a reçu de lui des services. Il est
trop homme d'esprit pour ne pas m'accorder cette
grâce.

DU PLAGIAT. — Appendice.

Ce présent petit volume, distribué dans l'intimité
à quelques amis, a été accueilli par eux avec faveur.
« Il est plus érudit qu'il n'est gros, » a dit M. Paul
Foucher, dans son feuilleton de *La France* (27
juillet 1868). C'eût été pour moi une raison de
n'y rien ajouter. Cependant, il y manquait une
conclusion, presque promise, sur un point essen-
tiel : je n'avais pas terminé avec la question du
plagiat, au regard de M. Victor Hugo et de Le Sage.
J'ai tenté de la reprendre dans cet Appendice ;
d'abord en sondant le terrain par voie d'informa-
tion. Il m'est venu de ce côté la meilleure des con-
sultations. M. Sainte-Beuve a bien voulu m'écrire
ceci : « Je ne crois pas du tout que Victor Hugo ait
lu la parade de Le Sage, ni qu'il en ait eu besoin
pour sa *Cour des Miracles*. Ce n'est donc qu'une
rencontre curieuse, et on vous devra de l'avoir re-
marquée. » On ne pouvait toucher de plus près à la
vérité : mais ce n'était pas encore la certitude. J'ai
fini par où j'aurais dû commencer ; je me suis
adressé directement à M. Victor Hugo lui-même ; et
j'ai eu le bonheur d'en recevoir cette précieuse
réponse :

Hauteville-House, 22 novembre 1868.

. . . . Je ne connais point l'Arlequin de Le
Sage, et j'ai été ravi, grâce à vous, de le connaître. Les
similitudes que vous signalez sont très-réelles. Il en sort
pour moi cette satisfaction intime, parce que, ma conscience
me la confirme, de m'être fortuitement rencontré avec le

4

grand esprit qui a créé Gil-Blas. Voulez-vous que je vous raconte une autre rencontre dont j'ai été plus glorieux encore? C'était en 1823. Lamennais, qui avait été mon confesseur, (lequel de nous deux a *perverti* l'autre?) entre chez moi un matin. J'écrivais des vers que je venais de faire. Lamennais regarde par-dessus mon épaule, et lit ceci :

> Ephémère histrion qui sait son rôle à peine,
> Chaque homme, ivre d'audace ou palpitant d'effroi,
> Sous le sayon du pâtre ou la robe du roi,
> Vient passer, à son tour, son heure sur la scène.(1)

— « Tiens! me dit-il, savez-vous l'anglais? » (Lamennais savait l'anglais.)

— Je lui réponds. — « Non.» (A l'heure qu'il est, je ne sais pas encore l'anglais). Et j'ajoute : — « Pourquoi? »

— « C'est que, réplique Lamennais, vous venez de faire un vers de Shakespeare.»

— « Bah ! »

— « Avez-vous lu Shakespeare? »

— « Non, je ne veux pas lire Le Tourneur.»

— « Eh bien! dit Lamennais (mon ex-confesseur, qui me savait sincère), le vers est de vous deux. Vous avez rencontré Shakespeare.»

Et il me cite en anglais, puis me traduit en français un vers de Macbeth (2). Même comparaison que la mienne, et littéralement : *Chaque homme vient passer, à son tour, son heure sur les planches.*

Maintenant, jugez.

Un mot sur quelque chose de plus grave qui est dans votre écrit. Je suis aussi étranger que *vous-même* à l'article de M. Granier de Cassagnac (1833) sur Alex. Dumas. Lisez la déclaration de M. Bertin l'aîné dans le *Journal des Débats.* Lisez la déclaration de M. Granier de Cassagnac, qu'il confirmerait encore aujourd'hui, j'en suis certain, bien qu'il y ait, entre lui et moi, l'abîme.

Voulez-vous de ceci ma parole d'honneur? Je vous la

---

(1) Cette strophe est la 6e de la belle ode intitulée *Epitaphe,* dans le livre IV des *Odes et Ballades.*

(2) « Life's but a walking shadow, a poor player
« That struts and frets his hour upon the stage.»

(Act. V. sc. V.)

donne. Si vous me connaissiez bien, vous n'en auriez pas besoin.

Et je vous serre la main, et je vous remercie de m'avoir fait connaître Sérendib et l'Arlequin de Le Sage.....

VICTOR HUGO.

Voilà une déclaration nette. Que pourrais-je y ajouter ? Elle est souveraine pour ma thèse contre le plagiat. A combien de titres encore ne dois-je pas m'en applaudir ? C'est une belle page pour la biographie du grand poëte. C'est un rayon sur ce petit livre qui n'ose s'y ouvrir tout entier ; car il cesserait d'être ce qu'il doit rester ; — sincèrement humble. N'est-ce pas même déjà beaucoup de transparence que ces points —......, pour voiler ce qui lui est trop flatteur ?

J'ai un grand regret. Pourquoi n'ai-je pas sollicité plus tôt cette réponse ? Je ne me serais pas borné à être un rapporteur historique, trop impassible, d'une imputation méchante. Je l'aurais aussi condamnée. Bien que M. Victor Hugo soit au-dessus de cette satisfaction, je lui en fais réparation ouverte, sans qu'il ait ni à faire serment, ni à fournir caution. Il affirme, je le crois ; et j'échappe à l'abîme.

9 782014 030556